光文社文庫

長編時代小説

木枯らしの

吉原裏同心(29)

決定版

佐伯泰英

KOBUNSHA

光　文　社

目次

新吉原廓内図

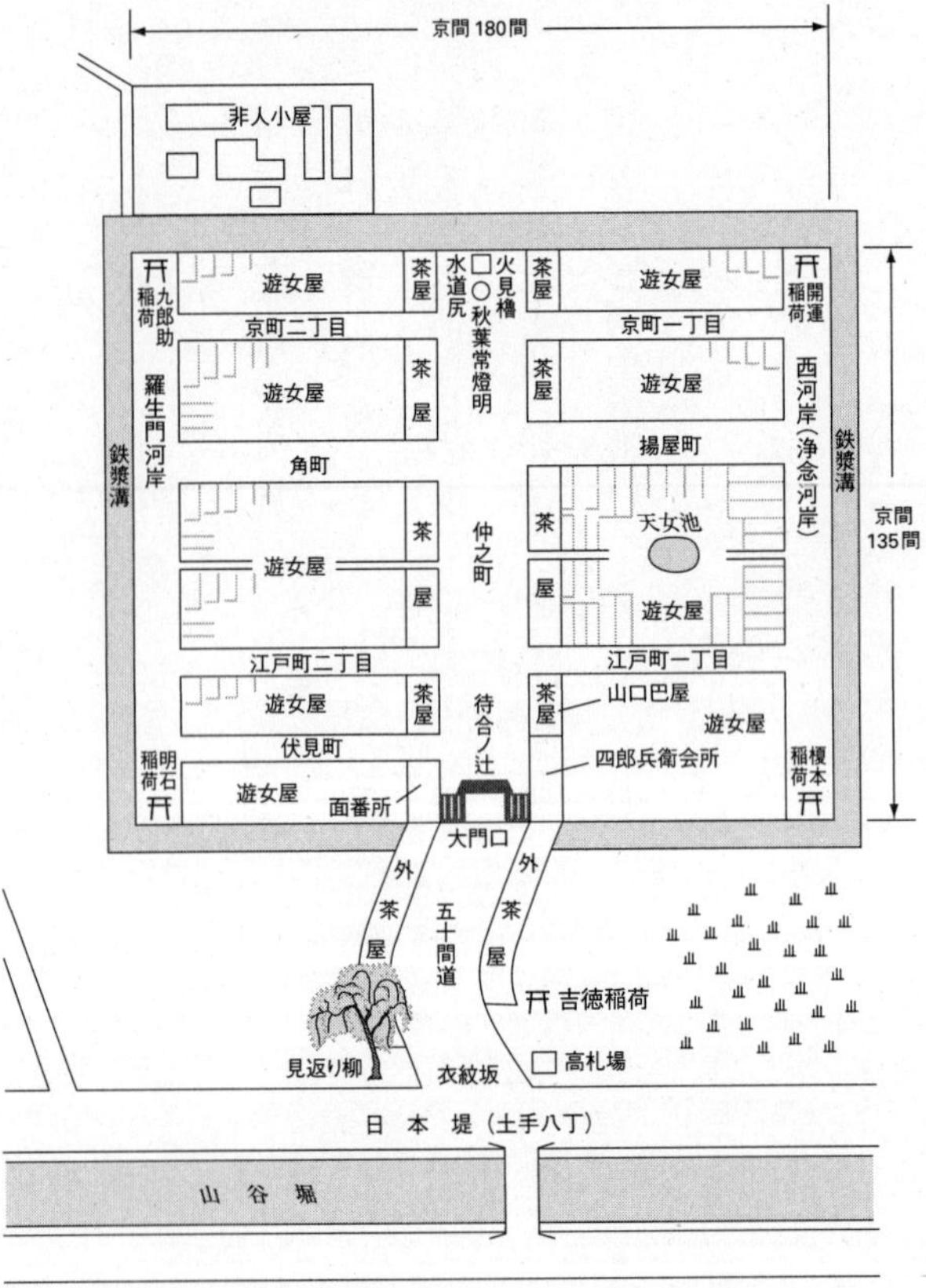
京間180間
京間135間
非人小屋
九郎助稲荷
遊女屋
茶屋
火見櫓
水道尻
秋葉常燈明
開運稲荷
京町二丁目
京町一丁目
羅生門河岸
西河岸（浄念河岸）
鉄漿溝
揚屋町
角町
仲之町
天女池
江戸町二丁目
江戸町一丁目
待合ノ辻
山口巴屋
四郎兵衛会所
伏見町
明石稲荷
榎本稲荷
面番所
大門口
外茶屋
五十間道
吉徳稲荷
見返り柳
衣紋坂
高札場
日本堤（土手八丁）
山谷堀

北
東
南
西
荒川
千住大橋
鐘ヶ淵
隅田村
隅田川
三河島
日暮里
田端
駒込
谷中
千住道
小塚原
日本堤
新吉原
金杉上町
今戸町
山谷堀
今戸橋
鷲神社
浅草寺
東本願寺
千駄木
白山
下谷
東叡山寛永寺
根津権現
本郷
御薬園
小石川
伝通院
中堂
不忍池
幡随院
広徳寺
阿部川町
新堀川
浅草花川戸町
吾妻橋
竹町ノ渡し
田原町
三間町
並木町
駒形堂
蔵前
菊坂町
池之端仲町
下谷広小路
湯島天神
御徒町
春日町
水戸徳川家
牛込
神田川
神田明神
外神田
向柳原
森田町
御米蔵
石原町
北割
天王町
柳橋
浅草橋
神楽坂
牛込御門
小石川御門
水道橋
昌平橋
筋違御門
和泉橋
柳原土手
両国広小路
御竹蔵
南割下
本所
番町
市谷
田安御門
俎板橋
雉子橋御門
一ツ橋御門
内神田
馬喰町
両国橋
回向院
竪川
市谷御門
清水御門
神田橋御門
小伝馬町
今川橋
日本橋
新大橋
小名木川
常盤橋御門
北町奉行所
室町
江戸橋
麹町
江戸城
半蔵御門
呉服橋御門
日本橋
南茅場町
仙台堀
深川
材木町
永代橋
西之御丸
鍛冶橋御門
京橋
八丁堀
組屋敷
霊岸島
富岡八幡宮
南町奉行所
桜田御門
永田町
赤坂御門
山王日枝神社
数寄屋橋御門
西本願寺
石川島
越中島
新橋
築地
佃島
溜池
幸橋御門
汐留橋

『木枯らしの』主な登場人物

神守幹次郎……豊後岡藩の馬廻り役だったが、幼馴染で納戸頭の妻になった汀女とともに逐電の後、江戸へ。吉原会所の七代目頭取・四郎兵衛と出会い、剣の腕と人柄を見込まれ、「吉原裏同心」となる。薩摩示現流と眼志流居合の遣い手。

汀女……幹次郎の妻女。豊後岡藩の納戸頭との理不尽な婚姻に苦しんでいたが、幹次郎と逐電、長い流浪の末、吉原へ流れつく。遊女たちの手習いの師匠を務め、また浅草の料理茶屋「山口巴屋」の商いを任されている。

加門麻……元は薄墨太夫として吉原で人気絶頂の花魁だった。吉原炎上の際に幹次郎に助け出され、その後、幹次郎のことを思い続けている。幹次郎の妻・汀女とは姉妹のように親しく、先代伊勢亀半右衛門の遺言で落籍された後、幹次郎と汀女の「柘榴の家」に身を寄せる。

四郎兵衛……吉原会所七代目頭取。吉原の奉行ともいうべき存在で、江戸幕府の許しを得た「御免色里」を司っている。幹次郎の剣の腕と人柄を見込んで「吉原裏同心」に抜擢した。

仙右衛門……吉原会所の番方。四郎兵衛の右腕であり、幹次郎の信頼する友でもある。

玉藻……仲之町の引手茶屋「山口巴屋」の女将。四郎兵衛の娘。正三郎と夫婦になった。

三浦屋四郎左衛門……大見世・三浦屋の楼主。吉原五丁町の総名主にして四郎兵衛の盟友であり、ともに吉原を支える。

身代わりの左吉……罪を犯した者の身代わりで牢に入る稼業を生業とする。裏社会に顔の利く幹次郎の友。

嶋村澄乃……亡き父と四郎兵衛との縁を頼り、吉原にやってきた。若き女裏同心。

村崎季光……南町奉行所隠密廻り同心。吉原にある面番所に詰めている。

桑平市松……南町奉行所定町廻り同心。幹次郎とともに数々の事件を解決してきた。

足田甚吉……幹次郎と汀女の幼馴染。豊後岡藩の中間だった。現在は藩を離れ、料理茶屋「山口巴屋」の男衆をしている。

桜季……三浦屋の新造だったが、八朔の夜に足抜騒ぎを起こし初音のもとに預けられる。

初音……西河岸の切見世女郎。幹次郎に頼まれ、桜季を預かる。

長吉……吉原会所の若い衆を束ねる小頭。

金次……吉原会所の若い衆。

車善七……浅草溜を差配する頭。幹次郎の協力者。

木枯らしの――吉原裏同心（29）

第一章　左吉の災難

一

季節が移ろっていた。

いつしか二十四節気《にじゅうしせっき》の霜降《そうこう》も過ぎ、草木に冷たい霜《しも》が光り始める冬の季節が到来していた。吉原《よしわら》の見世《みせ》には大火鉢が出された。

神守幹次郎《かみもりみきじろう》は、この日、下谷山崎町《したややまざきちよう》の津島傳兵衛《つしまでんべえ》道場に朝稽古《げいこ》に行き、柘榴《ざくろ》の家近くの、聖天横町《しようでんよこちよう》の湯屋に立ち寄った。津島道場で一刻半《いっときはん》（三時間）の稽古をなし、早足で戻ってきた幹次郎の額《ひたい》には汗が光っていた。

「吉原会所《かいしよ》の旦那、着替えが届いていますよ」

と番台のおかみさんが幹次郎に告げた。

「有難《ありがた》い」

汀女《ていじょ》が小女《こおんな》のおあきに持たせたのだろう。

幹次郎は二階に刀を預け、脱衣場で衣服を脱ぐと手拭《てぬぐ》いを手に洗い場に下りた。かかり湯を使って汗を流し、柘榴口を潜《くぐ》った。すると湯船に知った顔が浮かんでいた。

両目を瞑《つむ》って湯に浸《つ》かるその全身から疲れが伝わってきた。

幹次郎は静かに湯船に入ると、知った顔の傍《そば》に体を沈めた。

「左吉《さきち》どの、久しぶりじゃな。それにしてもよう湯屋に立ち寄ることが分かったな」

幹次郎の言葉を聞いた左吉が静かに両目を開いた。

「女衆《おんなし》が、剣術の稽古の帰りに湯屋に寄られると教えてくれましたんで」

左吉は、大店《おおだな》の主《あるじ》などが商《あきな》い上の間違いや賭場《とば》に常習的に出入りしているのを咎《とが》められて奉行所に捕まり、小伝馬町《こでんまちょう》の牢《ろう》屋敷に送られる沙汰《さた》が決まったとき、その代わりに牢にしゃがむ奇妙な、

「身代《なりわい》わり」

を生業にしていた。

町奉行所にも牢屋敷にも大店の主からそれなりの金が渡り、左吉の身代わりを黙認しているから成り立つ仕事だ。

「なんとなく、神守様の顔が見たくてね、遠出をしてきました」

左吉は馬喰町《ばくろちょう》の路地にある虎次《とらじ》の煮売り酒場で呑んでいることが多い。ゆえに幹次郎が左吉に会うときは馬喰町まで出かけていく。左吉に会うのは、左吉が牢屋敷で得た闇の人脈からの情報《はなし》を求めてのことだ。

咎人《とがにん》の身代わりは闇の職業だ。牢屋敷の仲間が思わず口にする話が娑婆《しゃば》に出たとき、金子《きんす》に変わることもあった。幹次郎は、左吉の闇の人脈を通じてこれまで幾《いく》たびも吉原会所の役に立ってきた。

「長いお勤めでしたか」

左吉が身代わりを務める咎人は、殺しや強盗などという重罪人ではない。あくまで軽い罪での沙汰を受けた者たちだ。ゆえにせいぜい数日から長くともひと月の牢入りの者だ。だが、左吉の顔を見ると、いつもとは違う疲労がこびりついていた。

「歳ですかね、こたびの勤めは体に応《こた》えました」

「夏の猛暑から秋には長雨が降りました。疲労が溜《た》まっても不思議ではない。湯《とう》治《じ》にでも行って、体を労《いたわ》りなされ」

「それがね」

と左吉が暗い顔をした。

「どうしました」

いつもの身代わりの左吉とは違う様子に幹次郎が質《ただ》した。

湯船には耳の遠い畳屋の隠居が浸かっているばかりで、朝風呂の混雑の峠《とうげ》は越えていた。

「ドジを踏みました。顔見知りの旦那の口利きでこたびの仕事を頼まれ、身代わりを引き受けたんだが、二十日の約定《やくじょう》のはずが、四月《よつき》だった。その上、前金はもらっていましたがね、残金を受け取りに行ったら、なんと暖簾《のれん》を下ろして店《たな》は畳まれておりました」

「なんと」

身代わりの左吉にしては、珍しいしくじりだと思った。

「神守様はわっしの塒《ねぐら》を承知ですかえ」

左吉が不意に話柄《わへい》を転じた。

「龍閑川《りゅうかんがわ》の北側辺りではないかと推量はつけておるが、詳《くわ》しくは知らぬな」

でしょうね、という表情で頷《うなず》き、

「塒に戻ってみると、これまで貯め込んできた金子がそっくり消えておりました」

幹次郎は黙って左吉の横顔を見た。

「ヤキが回ったとしか思えない」

「左吉どの、住まいに隠してあった金子を盗んだ人物に見当はついておりますので」

「親しくしてきた神守様にも塒を教えてないほどですぜ。こたび、わっしが牢屋敷に長居をさせられたことに関わりがある、偶然ではありますまい」

「と、申されると、身代わりを務めさせた旦那が、左吉さんの住まいから隠し金を盗んでいったと考えておられる」

「そうとしか考えられませんや」

と左吉が吐き捨てた。

「口利きした人物に質されましたか」

へえ、と頷き、

「訪ねてみるとなんと、わっしが牢屋敷に入ったその日に刺し殺されて亡くなっておりました。賭場の帰り、深夜のことだそうです」

幹次郎は用心深く練られた企《くわだ》てだと思った。

「なんとも災難でしたな」

と応じた幹次郎は、左吉が会いに来た理由《わけ》をなんとなく察した。

「左吉どの、この界隈《かいわい》にも虎次親方の店のような煮売り酒場がござる。朝湯のあと、一杯付き合いませぬか」

「吉原会所の旦那がドジを踏んだわっしを労ってくれますかえ」

と硬い笑みを浮かべた顔で左吉は尋《たず》ねた。

「それもある。なんとのう、左吉どのと呑みたくなったのだ」

「神守様、朝湯まではいい。朝酒を習わしにするようになっちゃ、会所での信頼がガタ落ちになりますぜ」

幹次郎は、左吉はただ顔を見に来たわけではあるまいと感じていた。

「それがし、これまで左吉どのに随分《ずいぶん》と助けられてきた。なんぞ手伝うことがあれば、お返しする番だ」

「そんな気持ちじゃないんですがね」

「左吉どの、それがしが稽古の帰りにこの湯屋に立ち寄ることを、小女のおあきに聞いたと申されたな。なぜうちで待っておられませんでした」

「神守様のお宅は女ばかりだ。まして吉原で全盛《ぜんせい》を誇《ほこ》った方が住まいしておられましょう。なんとなく躊躇《ためら》いましてな」

と左吉が言った。

そういえば左吉と会うときは、大概《たいがい》が虎次の煮売り酒場だったな、と幹次郎は思った。

「それにわっしは未《いま》だ牢の臭《にお》いを身につけたままだ。さっぱりしたかったこともありましてな、湯屋で待たせてもらいました」

この言葉に、左吉は昨日牢屋敷から放免されたばかりかと気づいた。

「加門麻《かもんあさ》のことなれば、同じ敷地の中ですが別棟に離れ家を造り、住んでおります。遠慮することもありません。用事があればいつなりと」

「神守の旦那との付き合いは湯屋や煮売り酒場が気楽でようございますよ」

ふたりは湯船を出ると柘榴口を潜り、洗い場で上がり湯を被《かぶ》ってから脱衣場で衣服を身につけた。

幹次郎は湯屋を出ると、左吉を桑平市松《くわひらいちまつ》と入ったことのある酒場へ連れていった。

「おや、こんなところにもかような酒場がございましたか」

「南町の定町廻り《じょうまちまわ》同心《どうしん》どのと呑んだことがある」

「そうでしたな、神守の旦那は桑平市松の旦那と馬が合いましたな」

「左吉どのとの付き合いと同じように、助けたり助けられたりの間柄でな」

「桑平の旦那は町方《まちかた》にしては融通《ゆうずう》を利かせてくれる同心ですからね。八丁堀《はっちょうぼり》でも珍しいお方です」

この左吉の口調だと、桑平の女房が、川向こうの小梅村《こうめむら》の小体《こてい》な家で病を癒《いや》していることを知ってはいないなと思った。

ふたりは小上《こあ》がりに向き合った。酒を頼むと、

「左吉どの、それがしが手伝いできることがあるか」

と直截《ちょくせつ》に尋ねた。

「まずわっしが下調べをします。それで神守様の手が要《い》るようならば、その折りはお頼み致します」

頷いた幹次郎は、

「牢屋敷から出られたのは昨日ですな。入られたのは夏ですか」

「仲夏《ちゅうか》（陰暦五月）の、晦日《みそか》です」

と左吉が応じた。

ふたりはしばらくお互いの近況を語り合った。左吉は身に起こったことをそれ以上は幹次郎に話そうとしなかった。

別れ際、幹次郎は尋ねた。

「左吉どの、当座の金はお持ちか」

「わっしもこんな稼業《かぎょう》だ。用心はしておりましてね、なにがしかの金子は虎次親方に預けてございますよ」

と苦笑いした。

「金子が足りなくば遠慮のう言うてくれぬか。それがしで足りなくば、会所の七代目に願うでな」

左吉が幹次郎を見返し、

「裏同心どのは不思議なお人ですな」

と言い残すと、寺町《てらまち》に出たところで二手に分かれた。

幹次郎は湯屋で着替えた汚れものを小脇に柘榴の家に戻った。

ちょうど汀女が浅草並木町《あさくさなみきちょう》の料理茶屋山口巴屋《やまぐちともえや》に出ようとして、麻とおあき、それに黒介《くろすけ》の見送りを受けていた。

「どなたか、湯屋でお待ちでしたか」

と汀女が尋ね、おあきが慌《あわ》てて、幹次郎の小脇の汗を掻《か》いた衣服を受け取った。

「おあきの説明では何者か察せられなかったか、姉様《あねさま》」

汀女が首を振り、

「姉上、幹どのの付き合いは広うございます」

と麻が言った。

「身代わりの左吉どのだ。湯屋から、いつぞや桑平市松どのと行った煮売り酒場に出向き、朝酒を呑んだ」

「幹どのが朝稽古のあとに朝酒ですか、珍しゅうございますね」

「姉上、女三人を放っておいて朝酒など以《もっ》ての外《ほか》です。少し厳しく申されたほうがよいのではありませんか」

と麻が言った。

「麻、そなた、客の付き合いで朝酒を呑んだことはないか」

「私のお馴染《なじみ》様には、無理《むり》強いをするお方はいらっしゃいませんでした」

「それは幸せ」

と応じた幹次郎をよそに汀女が、

「左吉さんが何者か幹どのに訊《き》かれるとよい。そなたには理解が及ばぬ仕事をしておられます」

と言い残し、三人に見送られて浅草並木町に向かった。

ひとつだけ残された膳《ぜん》を前にしたとき、麻が幹次郎に質した。

「左吉さんは何者です」

「稼業は身代わりじゃ」

「えっ、身代わりとは、見世物小屋の芸人ですか」

幹次郎はおあきが温め直すなめこ汁を待ちながら、身代わりとはどのような仕事か麻に縷々《るると》説いた。

「驚きました。世間にはそのような生業がございますので」

「麻、われらが知る世間はごく一部じゃな。おあきの親父《おやじ》のように大工、左官《さかん》、お店の手代《てだい》と、言うて直《す》ぐに分かる仕事ばかりではないのだ」

「悪いことをした人の代わりに牢に入る人がいるなんて。私が会ったあの人が身代わりさんですか」

おあきも驚いていた。

「そういうことだ」

加門麻とおあきのふたりに身代わりの左吉の稼業を理解させるために、いつもより長い朝餉《あさげ》になった。

「おお、また大門《おおもん》の傍で面番所《めんばんしょ》の村崎《むらさき》同心に叱られそうな刻限になったわ」

幹次郎は急ぎ外出の仕度をなした。

幹次郎の刀、研《と》ぎ上がったばかりの津田《つだ》近江守助直《おうみのかみすけなお》を手に見送りに出てきたのは麻ひとりだ。

「麻、おあきとふたりだけで昼間退屈はせぬか」

「退屈だなんてとんでもない。幹どのと姉上の話を聞くだけでも、十分に柘榴の家の暮らしを楽しんでおります」

「それはよかった」

別れ際に麻が、

「幹どの」

と呼んだ。

「どうしたな」

「ただ呼んでみたかっただけです」

と言った麻が幹次郎に助直を差し出しながら、一瞬幹次郎の手に触れた。

「行って参る。留守を願おう、麻」

「畏《かしこ》まりました」

幹次郎は門を出ると吉原への道を辿《たど》りながら、左吉の話に考えを切り替えた。そして、この一件に関して桑平市松に会うのが先かと気づいた。ならばと、幹次郎は踵《きびす》を返して浅草寺《せんそうじ》境内老女弁財天《ろうじよべんざいてん》の茶店《ちやみせ》を訪ねてみようと思った。

柘榴の家の前を通るとき、ちらりと門の奥を見たが、麻の姿も、おあきと黒介の姿も見えなかった。

随身門《ずいじんもん》を潜ったとき、九つ（正午）の時鐘《ときのかね》が鳴り出した。

桑平市松がいつものように茶店に立ち寄る刻限には遅過ぎたかと池越しに茶店を見ると、桑平の巻羽織《まきばおり》が見えた。

「おや、かような刻限に吉原の裏同心どののお出ましか」

「桑平どの、やめてくだされ。大門を潜るたびに同じような言葉をかけられ、面番所の村崎同心になにかと咎められますでな」

「わしは咎めておるのではございませんぞ。また福の神が舞い込んだな、といささか内心で喜んでおるところ」

幹次郎は刀を腰から外すと、桑平と同じ縁台に腰を下ろした。

「ご新造様の具合はいかがかな」

「秋雨が長く続いた折りは気持ちが沈んでおったが、ただ今は持ち直したようだ。ともかく女房の身内が近くにおるのが、それがしにとって安心でな。同輩《どうはい》方はあれこれと忠言《ちゅうげん》めいたことを言うが聞き流しておる」

「それでよかろうと存ずる」

と言った幹次郎にいつもの女衆が茶を運んできて、

「おふたりは仲が宜《よろ》しゅうございますね」

「仲がよいか、悪いか一目で分かるか」

「それはもう」

と言い残して、女衆は店の奥へと戻っていった。

「ちと調べてほしいことがござる」

と前置きして、幹次郎は左吉から聞かされたわずかな話を桑平同心に告げた。

「身代わりの左吉がそのようなドジを踏みましたか」

と呟《つぶや》いた桑平が、

「裏同心どの、この話、左吉だけでは終わりますまい」

と言った。

「仲夏は北町が月番《つきばん》だったかな。とはいえ、晦日の深夜に刺し殺された人物がそうたくさんいるとも思えない。その御仁《ごじん》を特定するくらいなんでもありますまい」

桑平同心が幹次郎の願いを承諾した。

「じゃが、この一件、吉原よりわれらに関わる話じゃぞ。裏同心どのが関わると厄介《やっかい》にならぬか」

「身代わりの左吉どのには、吉原会所はこれまで幾たびも助けられておりますゆえ、七代目からもお許しがありましょう」

と幹次郎が桑平に応じた。

四半刻《しはんとき》（三十分）後、幹次郎は昼見世《ひるみせ》前の大門を潜った。すると面番所から声がかかった。言わずと知れた隠密廻《おんみつまわ》り同心村崎季光《としみつ》だ。

「おい、裏同心、昼見世が始まっている刻限に出仕《しゅっし》か。吉原会所の仕事を甘くみておらぬか」

「今朝は、下谷に朝稽古に参り、そのあともあれやこれやと雑事が重なりまして、ただ今の出仕と相なりました。申し訳ございません」

「申し訳ないじゃと。それで事が済むなら町奉行所も牢屋敷も要るまいぞ」

「真《まこと》にもって村崎どのの申されること至極《しごく》ごもっともにございます。これより会所の頭取《とうどり》に遅刻の理由を申し述べて叱られて参ります」

と幹次郎は会所へと向きを変えた。

「おい、会所を監督しておるのはこの面番所である。その監督担当のわしに説明するのが先ではないか」

と村崎同心が言ったときには、幹次郎は昼見世の素見連《ひやかし》に隠れて吉原会所に入り込んでいた。

二

会所の土間では、嶋村澄乃《しまむらすみの》が桶《おけ》に張ったぬるま湯に濡らし、かたく絞った手拭いで飼犬の遠助《とおすけ》の体を丁寧に拭っていた。老犬は澄乃に体を清められて気持ちよさそうな表情を見せている。

幹次郎が出仕した気配に、遠助がちらりと視線をやった。

「遠助、どうだ。気持ちよいか」

幹次郎が声をかけると頷くように、

うーうー

と唸《うな》り声を上げた。遠助が満足なときに出す声だ。

「桜季《さくらぎ》さんの真似をしてみました」

澄乃が言った。

三浦屋《みうらや》の抱えから局見世《つぼねみせ》（切見世《きりみせ》）の初音《はつね》のもとへと預けられた桜季は、夜《よ》見世の間、蜘蛛道《くもみち》にある豆腐商いの山屋《やまや》で仕事の手伝いをしていた。そこへ時折り遠助が姿を見せる。その折り、桜季が店の外の蜘蛛道で遠助の体を清めているのを見た澄乃は、それを見倣《みなら》っていると言ったのだ。

山屋は食いもの屋商売、仕事中は店の中に入ってはいけないことを遠助も承知していた。

桜季は、当初局見世に落とされたことを恨《うら》みに思って拗《す》ねていた。だが、山屋でわずか一刻半から二刻（四時間）を過ごすようになって、なぜ三浦屋で将来を嘱望《しょくぼう》された自分がかような目に遭うのか、考えを変えたようで、前向きに生きようと気持ちを切り替えている気配が見受けられた。

「番方《ばんかた》らは見廻りか」

「はい」

「七代目にお会いしていこう」

幹次郎は刀を手に取ると吉原会所の頭取が控える奥座敷に通った。

四郎兵衛《しろべえ》は、煙管《キセル》にこよりを入れて掃除《そうじ》をしていた。

「本日はゆっくりでしたな」

四郎兵衛が幹次郎に声をかけた。咎め立てするというより、

「なにがあった」

と関心を示す声音《こわね》だった。

「朝稽古の帰りに聖天横町の湯屋を訪れますと、身代わりの左吉さんが湯に入っておられましてな」

と前置きした幹次郎は、左吉から聞いた話を四郎兵衛に仔細《しさい》に告げた。

むろん左吉の話は吉原に関わりがないことだった。だが、これまで左吉の手を借りて吉原に降りかかる難儀《なんぎ》をいくつか解決したこともあり、四郎兵衛に報告したのだ。吉原の商いは廓内《くるわうち》ばかりで事が済むわけではない。事態がどう転び、どこで結びつくか分からぬことをふたりは承知していた。

「ほう、左吉さんらしくないしくじりでしたな」

これが、最初に口にした四郎兵衛の感想だった。

「はい。ご当人もそう言うておりました」

「しかし、口利きした人物が殺されたとなれば尋常《じんじょう》ではございません。左吉さんがこれまで貯め込んできた金子を狙ったものか、あるいは別に狙いがあってのことか、根が深い話のように思えます」

「それがしもそう考えましたゆえ、口利きした人物の身許《みもと》調べを南町の桑平市松どのにお願いしました」

「さすがに神守様、なさることが素早い」

と応じた四郎兵衛が、

「ただ今のところこちらは穏やかです。左吉さんがなんぞ厄介なことに巻き込まれているのであれば手伝ってやりなされ」

と四郎兵衛が許しを与えた。

「有難《ありがと》うございます」

と礼を述べて表に戻ると、見廻りに行っていた番方らが戻り、若《わか》い衆《し》は昼見世の客を迎えるように大門の前に立っていた。

「番方、遅くなってすまぬ」

「なんぞ面倒が生じましたかえ」

「いや、ただ今のところはっきりとはせぬ。仔細は七代目に話してある」

仙右衛門《せんえもん》に告げた幹次郎は澄乃に、

「われらも見廻りに参ろうか」

と誘った。

編笠《あみがさ》を手に会所を出ると、澄乃の他に遠助まで従ってきた。

幹次郎は編笠を被り、昼見世の見物に来た勤番者《きんばんもの》の体《てい》でゆっくりと仲之町《なかのちょう》を歩いていった。そのあと、だいぶ間を置いて、澄乃が吉原で働く女衆の形《なり》に身をやつして続いた。勤番者と女衆が連れ立って歩くのはいかにもおかしい。その上、遠助まで従うとなると人目を惹《ひ》く。ために澄乃は幹次郎から距離を置いて従っているのだ。

幹次郎は仲之町の左右に並ぶ引手《ひきて》茶屋を、いかにも江戸へ初めて上ってきた勤番者のような様子であちらを眺め、こちらを眺めしながら、突き当たりの水道尻《すいどじり》まで辿りついた。そこには秋葉権現《あきばごんげん》を祀《まつ》った秋葉常燈明《じょうとうみょう》があった。背後には火の見櫓《やぐら》が仲之町を見下ろしていた。

吉原にとっていちばん怖いのが火事だ。ゆえに火伏《ひぶ》せの秋葉権現が祀られ、火の見櫓には半鐘《はんしょう》がぶら下がって、火事の際は即刻告知できるように仕度がなっていた。ために火の見櫓の下に小さな番小屋があった。

この番小屋の番太《ばんた》も吉原会所の支配下にあった。ついでに述べるならば、深夜、印半纏《しるしばんてん》、紺の腹掛《はらがけ》、股引《ももひき》、三尺帯《さんじゃくおび》の形で、片手に提灯《ちょうちん》、片手に鉄棒《かなぼう》を引いてジャラジャラと鳴らしながら、

「火の用心さっしゃりましょう」

と声をかける火の番の夜廻りも番太の仕事だ。これも吉原の町内雇い、つまりは吉原会所が雇っていた。

幹次郎は仙右衛門から、番太がつい最近代わったと聞いていた。番小屋の障《しょう》子戸《じど》が開くと、なんとなく年寄りであろうという幹次郎の考えとは違って、若い男が姿を見せた。年のころは二十三、四か。整った顔立ちだったが、右足が膝下からないために松葉杖をついていた。

「そなたが新しく雇われた番人かな」

と幹次郎が尋ねると、男は黙って編笠を被った幹次郎を見た。

「それがしか、会所の」

と言いかけると、

「裏同心の神守様でしたか」

「いかにもさよう」

「わっしは新之助《しんのすけ》でさあ」

「宜しくな」

「へえ、わっしは未だ吉原の右も左も承知していませんので」

幹次郎は新之助と名乗った若者のはきはきとした口調に、

「新之助、嫌なことを訊くがよいか」

「足が不じゆうで火の見櫓に登れるか、夜廻りに出られるかとお尋ねですかい」

幹次郎は新之助の勘のよさに苦笑いして頷いた。

「登ってみましょうか」

新之助が火の見櫓に手を掛けた。

「いや、そなたの返事で、それがしの問いが愚《おろ》かだということが分かった」

「神守様、わっしの前職は軽業《かるわざ》でしてね、ついドジをしてしまい、このように松葉杖にすがることになりました。ですが、軽業が仕事でしたから、両腕だけでこの程度の火の見には登れますし、半鐘も叩けます」

「新之助、余計なことを考えたようだ、許してくれぬか」

「わっしが吉原会所に雇われていちばん多く名前を聞かされたのが、神守幹次郎様と汀女先生のご夫婦でしたよ」

「よい噂ばかりではあるまい。われらも生まれついての吉原者ではのうて、夫婦で吉原会所に拾われた余所者《よそもの》だ、最前のように余計なことまで口を出してしまう。新之助、この吉原、狭いようで広いでな、ゆっくりと吉原を知っていくとよい。さすれば、われらのようなな」

「評判が立ちますかえ」

「お互いよい評判が立つように致そうか」

と言い残した幹次郎は、京町《きようまち》一丁目の裏手の路地に入っていった。

背後で澄乃が新之助と声をかけ合う気配があった。

路地に入ると澄乃が追いついてきた。

「神守様は新之助さんとは初めてでしたか」

「このところそれがしは目を外にばかり向けていたようだ。反省しておる。会所はよい番人を雇われたようだな」

「はい」

と澄乃が即答した。

「足を失った経緯《いきさつ》を聞かれましたか」

「詳しい話まではしておらぬ。そなたは承知か」

はい、と澄乃が返事をした。

「新之助さんは奥山《おくやま》の軽業小屋の売れっ子軽業師であったようです。親方に可愛《かわい》がられ、客の人気も上々だったそうです」

幹次郎は澄乃の横顔を見た。

「奥山界隈の噂ですが、それを妬《ねた》んだ兄《あに》さんが、綱《つな》渡りの綱に細工《さいく》をして土間に叩き落とされたそうです。運悪く土間に前の芸で使った丸太が残っていたとか、それに足を打ちつけて膝の骨をぐちゃぐちゃに砕《くだ》いて、足を失ったそうです」

「ひとりの軽業師に大怪我をさせた兄貴分はどうしたな」

「あまりの大怪我に恐れをなして、その場から逃げ出したとか」

「足を失っては軽業ができぬか」

「新之助さんは、大怪我から立ち直ったほどです。軽業の趣向を変えれば小屋に残れたでしょうが、同情されて芸を演じるのは嫌だと吉原に移ってきたのです」

「澄乃、よう承知じゃな」

「神守様、四郎兵衛様に命じられて新之助さんの身許や人柄を下調べしたのは私です」

どうやら四郎兵衛は、外仕事で多忙な幹次郎に負担をかけまいと、澄乃を使ったようだ。

「新之助には悪い噂はひとつもないか」

「私が調べたかぎりございませんでした」

「奥山で人気軽業師であった新之助が、吉原の水道尻の番小屋で我慢できるかのう」

しばし間を置いた澄乃が、

「分かりません」

と答えた。

「そなたの調べに注文をつけておるのではない。人気者の軽業師から水道尻の番小屋の番人とはまた思い切った鞍替《くらが》えと思っただけだ」

「この吉原で、思い切った鞍替えを仕掛けられたお方が別にございます」

「なに、それがしに飛び火してきおったか」

幹次郎と澄乃のあとを遠助がとぼとぼと従ってきていたが、どうやらどこへ行くのか承知したようでふたりの前に出て、開運稲荷《かいうんいなり》社の先で西河岸《にしがし》（浄念河岸《じようねん》）へと曲がった。それを見た幹次郎が澄乃に問うた。

「どうだ、桜季の様子は」

「明るくおなりです」

と澄乃が局見世に落とされた若い桜季を敬語で評した。その丁寧な言葉には、いつかは五丁町《ごちようまち》の、いや、京町の大見世《おおみせ》（大籬《おおまがき》）三浦屋に戻る遊女だと思っている気持ちが込められていた。

遠助が初音の見世の前で尻尾《しつぽ》を大きく振り、体をくねらせて嬉《うれ》しそうに吠えた。すると局見世から桜季が飛び出してきて、遠助の体を両腕で抱き締めた。その傍《かたわ》らに箒《ほうき》や雑巾《ぞうきん》があった。掃除でもするつもりなのか。

「もし、桜季が立ち直ってくれたならば、功労者は遠助じゃな」

「かもしれません」

と澄乃が言った。

「あら、神守様、澄乃さん、こんにちは」

ふたりを正視して桜季は挨拶した。その顔は、なにか憑《つ》き物が落ちたようでさっぱりとしていた。

幹次郎は、

（まず五丁町への復帰の壁をひとつ乗り越えたか）

と思った。

「初音姐《ねえ》さんは湯屋に行っています」

「昼見世はよいのか」

「夜見世にお馴染さんが来るそうで、おめかしをするそうです」

桜季との同居は、西河岸まで落ちた初音にも生きる力を与えたような気がした。

「桜季、西河岸に来てどれほどになる」

「まだふた月です」

幹次郎に答える口調もしっかりとしていた。

桜季はまた来てね、と遠助に言うと腕を放して、箒や雑巾を手に、

「お稲荷さんの掃除をしてきます」

と幹次郎らに一礼し、開運稲荷社へと急ぎ足で向かった。

「神守様、桜季さんをいつまで西河岸に預けておくのですか」

と澄乃が幹次郎に訊いたのは、蜘蛛道の入り口のひとつに差しかかったときだ。

「なにごとも元《もと》の鞘《さや》に戻すにはきっかけが要る。当人がまだふた月と言うておる

のだ。もう少し桜季に辛抱《しんぼう》してもらおう。いま会った桜季ならば耐えられよう。我慢が桜季を一人前の花魁《おいらん》にする第一歩であってくれなければ、西河岸暮らしをした意味がなかろう」

と幹次郎が答えた。

「神守様、桜季さんが表へ戻れるとお考えですか」

「桜季を西河岸に鞍替えさせたのはそれがしの判断だ。だが、西河岸から五丁町へと戻れるかどうかは桜季の頑張り次第だ。よしんば戻ったとしても、朋輩《ほうばい》の嫌がらせが待っていよう。それを乗り越える力を西河岸で身につけてほしいのだ」

幹次郎の言葉をしばし吟味《ぎんみ》するように沈黙していた澄乃が、

「はい」

と短く返事をして、

「桜季さんならばきっとやりのけます」

と言い切った。

幹次郎は澄乃の呟きに頷き、蜘蛛道に入っていった。

遠助は桜季と別れたあと、ふたりのあとにふたたびとぼとぼとした歩みで従っていた。

「澄乃、そなたは吉原会所の務めに馴染んだようだな」

「神守様のおかげで、番方をはじめ若い衆たちが段々と受け入れてくれているような気がします」

「それはそなたの働きがあればこそだ」

「未だ手柄らしい手柄は立てておりません」

「澄乃、われらの仕事はなにも手柄を立てることではない。吉原で働く遊女衆《ゆうじょしゅう》やその遊女を支える蜘蛛道の住人の暮らしを守るのが、なにより大事なこととは思わぬか。廓内が平穏であれば吉原会所の、われらの御用がうまくいっておるということだ」

　冬の訪れを示して天女池《てんにょいけ》のほとりに立つ桜の葉が黄色や赤に色づき、風に吹かれて水面《みなも》に舞い落ちていた。

「秋が過ぎ去っていきます」

「そうやって季節は巡る」

「神守様、私たちの営《いとな》みは季節に支配されているのでしょうか」

「そうかもしれぬな。この吉原という限られた色里《いろざと》は、客の心を醒《さ》めさせてはならぬ土地だ。冬には冬の楽しみが待っておる。大火鉢が各見世に出され、亥の子《いのこ》の祝いにぼた餅《もち》を食べ、二十日には恵比寿講《えびすこう》だ。吉原はこうして紋日《もんび》を次々に催《もよお》すことで遊女たちの心を奮《ふる》い立たせ、客たちを飽《あ》きさせないようにするのだ。その習わしを守るのが澄乃、そなたとそれがしの務めだ」

幹次郎は裏同心の務めには、番方らとは違う陰仕事があることを澄乃に言わなかった。しかし、もはや澄乃は漠然《ばくぜん》とだが、幹次郎の陰仕事を承知していると思っていた。

「ああ、忘れていました。桜季さんのことです」

「桜季のことだと」

「はい。山屋で働く合間に、字の稽古をしているそうです。それを見た山屋のおかみさんが、『一廉《ひとかど》の花魁になるには字の稽古は大事だよ』と筆、硯《すずり》、墨など一式を桜季さんに貸し与えたそうです。近ごろでは山屋の界隈に住む人が文《ふみ》の代筆を桜季さんに頼んでいると聞きました」

幹次郎の知らないことだった。

「桜季は快《こころよ》く引き受けておるのか」

「はい、代筆の礼にいくばくかの銭を渡そうという人もいるそうですが、桜季さんは一文《もん》の銭も受け取られぬそうです」

「初めて知った」

幹次郎は桜季の変わり方はほんものであろうと信じながらも、いま少し様子をみるべきだと思い直した。桜季が五丁町に戻ってからは、絶対に足抜《あしぬき》を企てるような真似をしてはならないのだ。それだけにいささかの判断の間違いもあってはならぬ、と幹次郎は己に言い聞かせていた。

幹次郎と澄乃が蜘蛛道から揚屋町《あげやちょう》に出たとき、昼見世は終わっていた。

三

「文つかい、祝亀楼《いわきろう》宜しゅう、萬縁楼《まんえんろう》宜しゅう」

と呼び声がして文使《ふみづか》いの桂吉《けいきち》が揚屋町の各楼に声をかけていた。

文使いとは、遊女が馴染の客を誘う文を預かり、密《ひそ》やかに届ける役目だ。桂吉は、五十間道《ごじっけんみち》の裏長屋に住まいして長年吉原に出入りし、文使いで暮らしを立てていた。桂吉が預かる文の相手は、武家であったり、商家の主、番頭、職人であったりと千差万別《せんさばんべつ》だ。その相手次第で形を変え、言葉遣《づか》いを変えて文を相手に渡し、その上、数日内には客が大門を潜るように唆《そそのか》すと評判の腕利きだった。

「おや、会所の神守様と澄乃さん、見廻りかえ」

桂吉が愛想よく声をかけてきた。

幹次郎もよく知った顔だった。

「ご苦労じゃな、商いはどうか」

「ぼちぼちだね」

と答える桂吉に萬縁楼から声がかかった。半籬《はんまがき》(中見世《ちゅうみせ》)の遊女が桂吉を呼んでいた。

「失礼しますぜ、神守様」

と幹次郎に丁寧に詫びの言葉を言うと桂吉が、

「へえへえ、萬縁楼の游香《ゆうか》さん、毎度有難うございます」

と揉《も》み手をしながら半籬に寄っていった。

澄乃が不意に言った。

「あら、いつの間にか遠助の姿が見えないわ」

「先に会所に戻ったのではないか」

遠助が会所の飼犬と、吉原の住人ならば承知していた。それに廓内で迷ったとしても、大門しか外に出る場所はないのだ。その大門には吉原会所の若い衆が立っているから、遠助がよしんば外の世間に関心を示したとしても呼び戻される。

幹次郎と澄乃は揚屋町の木戸門を潜って仲之町に出た。振り返った澄乃が、

「桂吉さんはなかなかの腕利きだそうですね」

と幹次郎に話しかけた。

「そうなのか」

幹次郎は評判は承知していたが、澄乃に問い返してみた。

「大籬の花魁には贔屓《ひいき》はいませんが、半籬などの遊女にもてもてだそうです。なぜ人気があるのか私には分かりません。きっと如才《じょさい》がないせいだと思います。それに桂吉さんに文使いを頼むと、大概の客が数日後には女郎さんに会いに来るのだそうです」

幹次郎が噂で知っていることを澄乃も承知していた。吉原会所に奉公し始めてさほどの歳月は経《た》っていないが、澄乃は澄乃なりの人脈を広げているのだと幹次郎は感心した。

「それがしも、桂吉は女郎の文を客に密かに渡すだけではないと聞いたことがある。桂吉のひと言二言が客をその気にさせるそうだ」

澄乃が幹次郎の横顔を見た。

「神守様はすべて承知で私を試しておいででしたか。ああ、そうだ、最前桂吉さんに頼んだ游香さんも汀女先生の弟子ですよ」

「ほう、あの女郎、游香というのか、それは知らなかった。そうか、姉様から文の書き方を習っているのか」

と答えた幹次郎の頭に過《よぎ》った考えがあった。だが、この考えを実行に移すにはいささか時節が早いかもしれんな、と迷い心も同時に生じていた。しかし、先々のために手は打っておくべきとも思った。

ふたりは仲之町を歩いていた。

夜見世前のひと時、廓内に長閑《のどか》な時が流れていた。

吉原を南北に貫《つらぬ》く仲之町では、卵売りや野菜売り、花売りなどが引手茶屋の軒先《のきさき》を借り受けて商いをしていた。どれも常連の売り子ばかりだ。

「澄乃、少しばかり思いついたことがある。そなたは先に会所に戻っていてくれぬか」

と幹次郎が願うと澄乃が、

「なにを思いつかれましたか」

と幹次郎に訊いた。

「いま直ぐにどうということはないが三浦屋に顔を出してみる。大事な抱えのひとりを預かっておきながら、このところ無沙汰《ぶさた》をしていたでな」

という幹次郎の言葉に澄乃は頷いて大門のほうへ向かったが、卵売りの男に呼び止められていた。

澄乃はすっかり吉原に馴染んだな、と幹次郎は改めて感心しながら京町へと引き返した。

角見世《かどみせ》の大籬三浦屋にもゆったりとした時が流れていた。

幹次郎は暖簾を潜って表口から三浦屋に入った。すると遣手《やりて》のおかねと大番頭の鎌蔵《かまぞう》がなにごとか話していた。

「おや、神守の旦那がふらりと姿を見せると、どきりとするよ。また桜季がなにかやらかしたってんじゃないよね」

遣手のおかねが幹次郎の顔を見た。

「いや、格別《かくべつ》のことがあったわけではないが、旦那どのに挨拶ができればな、と思いついただけだ」

「思いつきね。神守の旦那の思いつきが怖いってどこの楼も戦々恐々《せんせんきょうきょう》としていますよ」

と大番頭も言った。

「それほど嫌がられておるのか、それがしは」

「嫌がられているなんてもんじゃないよ」

おかねが苦笑いした。

「不思議なんだよね、神守様は。好き放題勝手放題しながら、妓楼《ぎろう》の主方に信頼されているんだからね」

と大番頭も首を捻《ひね》った。

「大番頭どの、それがし、好き放題勝手放題をなしているわけではないつもりだが、そう受け取られているとすれば真に申し訳ない」

と頭を下げる幹次郎に、

「旦那も女将《おかみ》さんも帳場《ちょうば》におられるよ」

おかねが奥を指した。

「ならばご挨拶をしていこう」

と言った幹次郎は助直を腰から抜くと、勝手承知の三浦屋の奥へと向かった。

この刻限、女郎衆は食事をしたり、身嗜《みだしな》みを整えたりして、わずかな時を楽しんでいた。だが、この日はどうやら三浦屋に出入りの呉服屋が来ているらしく、一階の広間から賑《にぎ》やかな声が聞こえていた。

「四郎左衛門《しろうざえもん》様、女将様、ご機嫌いかがでございますか」

と幹次郎が廊下から声をかけた。

「表から声が聞こえておりましたよ。ご挨拶ですと、その言葉が怖い」

四郎左衛門が幹次郎に笑いかけた。

「恐悦至極《きょうえつしごく》でございます」

「神守様が挨拶だけのはずがない。なんの御用ですかな」

「いえ、報告にございます」

「報告と申されると桜季のことですな」

はい、と幹次郎は頷いた。

八朔《はっさく》の大紋日《おおもんび》、桜季は廓内の住人の女物の衣装を盗んで身形《みなり》を変え、大門から堂々と足抜しようとした。それを幹次郎に見咎められ、三浦屋に連れ戻された。そして、幹次郎の考えを四郎左衛門が受け入れて、吉原の地獄ともいえる西河岸の切見世、初音のもとに預けられた。この荒療治《あらりょうじ》がどう功を奏するのか、廓内の大半の者は、

「大籬の抱え女郎がいきなり西河岸の切見世に落とされたって。いくら足抜をし

ようとした抱えだって、罰として切見世落ちとは、三浦屋さんもよう承知したもんだ」

「切見世への鞍替えの背後には吉原会所の神守幹次郎様が一枚嚙《は》んでいるとよ。なかなかの凄腕《すごうで》の裏同心だが、こんどばかりは自らどつぼに嵌まったな。三浦屋はえらい損害《そんがい》だよ」

などと言い合っていた。

桜季の八朔の日の足抜未遂からふた月が過ぎていた。

「初音さんや山屋の夫婦の温かいもてなしが桜季の心を変えておるようで、桜季の顔も明るくなり、挙動にも活気が出てきたように思えます」

四郎左衛門が幹次郎の言葉に頷いた。

「豆腐の山屋にて手伝いをしているようですね」

女将の和絵《かずえ》が幹次郎に質した。

「女将さん、夜見世の間、桜季のおる場所がありません」

「先日は天女池に入り込んだタチの悪い客に悪戯《いたずら》をされそうになりましたしな」

四郎左衛門は桜季の身の回りで起こったことを承知していた。

いくら幹次郎に桜季の処遇を託《たく》したとはいえ、西河岸の局見世に居候《いそうろう》させるなどとは想像もしなかった四郎左衛門だ。だが、幹次郎の処遇に文句をつけることはなかった。その代わり、三浦屋でも当然桜季の日常を見張っていたのだ。ゆえにある程度、桜季の日々を承知していた。

「はい。四郎左衛門様も女将さんもご存じの、会所の女裏同心澄乃が桜季の身を守ってくれました」

「神守様と女裏同心の澄乃さん、会所には二枚看板が揃いましたな」

「こたびの務めはそれがしだけではどうにもなりません。初音姐さん、山屋の文《ぶん》六《ろく》、おなつ夫婦、それに会所の飼犬らに見守られて、桜季の気持ちが少しずつ変わってきたように思えます。そこでひとつ、新たなことを考えてみようと思いましてな」

「やはり相談でしたか」

どこか得心《とくしん》した体の四郎左衛門が頷いた。

「四郎左衛門様、麻が桜季に毎日文を書いておることをご承知ですか」

「いえ、麻様がさようなことを」

三浦屋の筆頭花魁を務めていた薄墨《うすずみ》を、四郎左衛門もこう本名で呼んだ。

「それがしが文使いを務めてきました。当初こそ桜季は有難迷惑といった顔をして、快く受け取ってはくれませんでした」

「でしょうな」

幹次郎の言葉にさもありなんといった表情を見せた四郎左衛門が、

「加門麻様に毎日文をもらう新造《しんぞう》がどこの楼におります。それもまた、文使いは神守様ときた。桜季はその意が未だ分かりませんか」

「いえ、近ごろでは桜季が返書を認《したた》めるようになり、ふたりは連日文を交わして文使いもなかなか忙しゅうございます」

と幹次郎が笑った。

「知りませんでした」

四郎左衛門と女将の和絵の顔に驚きがあった。

「それがし、文使いゆえふたりの文の内容は全く存じませぬ。ですが、このところ急に桜季の気持ちがほぐれて、いまの暮らしを前向きに生き抜こうとしております」

「そうでしたか、桜季の気持ちがほぐれたのは加門麻様の文のせいもありましたか」

「花魁時代の薄墨の禿《かむろ》が桜季でした。薄墨は桜季を、いつの日か自分の跡継ぎにと考えたときもあったようです」

「その薄墨花魁の気持ちを桜季はあっさりと裏切ったよ、神守様」

と和絵が言った。

その言葉に首肯《しゆこう》した幹次郎は、

「桜季の反発の背後には、薄墨が落籍《らくせき》されて吉原の外に出たこともありましょう。自分は薄墨に見捨てられたと考えたのでございましょうか。いささか時はかかりましたが、加門麻から文をもらい、それに返書をするようになって、桜季の気持ちもほぐれたのでしょう」

「そこで最前の、新たなる相談とはなんでございますな」

「まだこのこと、姉様にも麻にも相談しておりませぬ。まず四郎左衛門様のお考えを聞いてからと思いましてな」

「本日の神守様はえらく慎重にございますな」

「新造桜季の将来がかかった話です」

「神守様、西河岸に桜季を落とされた折りは、果敢《かかん》な決断でございましたな」

四郎左衛門が幹次郎の返答にまた問うた。

「落とすときより引き上げる折りが難しいかと思います」

「それでなかなか申されませんか。ならば、神守様、この私が神守様の考えを推量してみましょうかな」

四郎左衛門の言葉に幹次郎が驚く番だった。

「お聞き致します」

「神守様は、汀女先生の手習い塾に桜季を戻すのはどうだと相談に来られたのではございませんか」

「恐れ入りました。それがしの考えなどあっさりと見抜かれた」

幹次郎の返答に四郎左衛門が微笑《ほほえ》んだ。

「神守様ご夫婦は、よう似ておられる」

「姉様がなにか四郎左衛門様に願いましたか」

「何日前のことでしたかな。手習い塾の終わったあと、汀女先生がここに参られて、『近々わが亭主が桜季さんのことで相談に参りましょう。できることなれば亭主の考えを受けてくださいませぬか』とな」

「驚きました。姉様がさようなことを」

「汀女先生は、桜季の近況を神守様から聞き、また、加門麻様に宛てて桜季が返書を認めていることを麻様から聞いた。そこで桜季が己の愚かさに気づいたことを察したのではございませんかな」

ふうっ
と幹次郎は思わず溜息《ためいき》を吐《つ》いた。

「それがしの動きや考えなど、姉様は見抜いておりましたか」

「不都合ですかな」

「いえ、それは四郎左衛門様、それがしがお尋ねすること。桜季が蝶《ちょう》になるにはもうひと皮も二皮も脱いで、心身ともにしっかりと固めねばなりますまい。もし四郎左衛門様のお許しあるならば、西河岸の初音のところに同居をさせながら、手習い塾で昔仲間と席を同じゅうして学び直させとうございます。とは申せ、この経験は桜季にとって大籬の三浦屋から西河岸の局見世に落とされたとき以上に厳しいものになるかと思います。昔の朋輩の中には、桜季のこれまでの所業をよしとしない者もおりましょう。ですが、それに耐えねば、蛹《さなぎ》から蝶に生まれ変わることはできますまい」

しばし四郎左衛門が腕組みして沈思《ちんし》した。

「やはり難しゅうございますか」

「いえ、私が思い巡らしていたのは神守様のお考えについてです」

「それがしの考えとはなんでございましょう」

「はたして桜季の足抜未遂の折りからすべてを見通しておられたのかどうかと、迷っておりますのじゃ」

「四郎左衛門様、それがしは遠謀家《えんぼうか》でも策士《さくし》でもございません。事が起こったとき、まずそのことにどう目処《めど》をつけるか考えるだけです。己が命を張ってもなすべきと思うたとき、一歩踏み出すだけです。遠大な考えはございません」

「そう聞いておきましょうか」

と四郎左衛門が笑った。

「桜季は局見世の暮らしを経験して、別人になってうちに戻ってきますか、神守様」

「女将さん、そうでなければ初音、山屋の夫婦、西河岸の女郎衆の気持ちを裏切ることになります。となれば、もはや桜季の生きる途《みち》はこの吉原にございますまい」

四郎左衛門が頷き、和絵が、

「神守様、桜季がうちに戻ってくるのはいつのことです」

「女将さん、先々のことは分かりません。いまの桜季には乗り越えるべき壁がいくつか立ち塞《ふさ》がっております。その壁を自分の力で乗り越えるしかございますまい。その折りが遠からぬことをそれがし、熱望しており申す」

　幹次郎はこう答えるしかなかった。


　夜見世前に吉原会所に戻り、幹次郎は四郎兵衛に面談した。そして、三浦屋の主夫婦に相談したことをすべて報告した。

「麻様が桜季に文を認めていることはなんとなく推察しておりましたが、桜季と文を交わしておりましたか。これで心が動かされない桜季ならば、吉原では手の打ちようがありませんな」

　というのが四郎兵衛の感想だった。

「はい。なんとしても桜季を三浦屋に戻し、薄墨の跡継ぎに育ってもらわねば、それがしと番方が何年か前に鎌倉《かまくら》で行った所業が生きてきません」

「火事の夜に、己が死んだように偽装して、人を殺してまで足抜した姉の生き方だけは、妹に真似てほしくございませんな」

「はい」

「それにしても神守幹次郎というお方の生き方は、命を張った綱渡りでございますな」

小さく頷いた幹次郎は、

「今宵、姉様と麻に相談してみます。それでよければ桜季の三浦屋戻りの第一歩が始まります」

「これだけの人々が桜季を見捨てていないのでございますよ。きっと桜季もその期待に応えてくれましょう。いや、応えねばならない」

と四郎兵衛が強い口調で言った。

四

夜見世が始まって、幹次郎はふたたび見廻りに出た。こたびも澄乃と遠助が同行した。

蜘蛛道の入り口には男衆や女衆が見張りに立っていた。見張りがいないところには貼り紙がしてあり、

「住人の他、立ち入り禁ず」

との墨書《ぼくしょ》の忠告があった。見張りの男衆に、

「ご苦労だね」

と声をかける幹次郎に、

「ここんとこ、うちらの暮らす路地裏まで入り込む者がいたからね。致し方ないやね」

と返事をした。

このところ、迷った客やなにか魂胆《こんたん》を持った連中が蜘蛛道に入り込むことが何件も続いていた。ゆえに幹次郎らの進言で、蜘蛛道の見張りを強化することにしたのだ。そんな中には、

「冬を迎えて遠助、元気が戻ってきましたな」

とふたりに従う犬を気遣う者もいた。

「老犬の遠助は夏の暑さより冬の寒さが過ごし易《やす》いようだ」

豆腐の山屋に立ち寄ってみると桜季が、

「ご苦労さまでございます」

とふたりに挨拶して、遠助にふかし芋をくれた。遠助は尻尾を振って桜季の足元に歩み寄り、ふかし芋を食べ始めた。

「筑波《つくば》おろしが吹き抜ける季節がくるね。うちはよ、この節がいちばん気を使う

のさ。なんたって火を使う商売だからね、火事は出したくない」

山屋の主の文六が幹次郎に言った。

「火だけは気をつけねばな」

幹次郎が文六に応じて桜季に、

「桜季、風邪など引くではないぞ」

と声をかけた。

「大丈夫です。うちの在所《ざいしょ》は江戸より寒さが厳しいんです。江戸の寒さなんて」

「大したことはないか」

「はい」

と桜季は遠助にふかし芋を与え終えて立ち上がりながら、帯の間に挟んでいた文を幹次郎にそっと渡し、幹次郎も麻からの文を出して桜季と交換した。

この山屋の主夫婦と澄乃は、麻と桜季の文のやり取りに気づいていた。だが、そのことについて格別に触れることはなかった。

幹次郎らはさらに道の奥へと進んだ。

遠助が名残《なご》り惜しそうに山屋の前に立っていたが、澄乃に呼ばれて、致し方なくという風にとぼとぼとふたりの見廻りに従う気配を見せた。

「神守様、桜季さんは西河岸で年越しですか」

「これぱかりは桜季次第だ」

「桜季さんは、もう大丈夫です。一から出直す覚悟はできていますよ」

と澄乃が言った。

歳の近い桜季と澄乃は話をすることが多かった。ゆえに桜季のただ今の胸のうちをだれよりも承知していた。

「それがしもそう思う。だがな、三浦屋の主どのが桜季を楼に戻すことを許されたとしても、朋輩連と騒ぎを起こすようなことがあったら、もはや四郎左衛門様もわれらも庇《かば》い切れぬ。そうなると桜季はこの吉原では生きてはいけぬということだ。しっかりと桜季の覚悟ができておらぬかぎり、そう容易《たやす》く事を進めるわけにはいくまい」

幹次郎はそう澄乃に言ったが、胸のうちでは澄乃と同じことを考えていた。

しばし沈黙していた澄乃が、はい、と応じた。

「澄乃、われらも桜季も我慢辛抱のときだ」

幹次郎が己に言い聞かせるように宣告すると、

「分かりました」

と澄乃は答えた。

ふたりは天女池に出た。

池の水面を冷たい風が吹き渡っていた。

野地蔵《のじぞう》の前に来ると、菊の花が飾られて、野地蔵は新しい真っ赤な衣装を着せられていた。

「衣装は、おなつさんが桜季さんに手伝わせて縫い上げたものです」

「なに、山屋のおかみさんがかようなことをしてくれたか」

「桜季さんが一日でも早く表通りに戻れるように、一針一針、ふたりして交代で仕上げたそうです」

「知らなかった。桜季にとって山屋は大きな支えじゃな」

「山屋の夫婦ばかりではありません」

「遠助やそなたがいることは桜季にとって、なににも代えがたい励ましであろう」

「私たちの前に命を張っておられるお方がいらっしゃいます。そのことに桜季さんも気づいておられます」

澄乃の言葉に幹次郎は応えず、野地蔵に合掌《がっしょう》すると懐《ふところ》に入れた桜季の文に片手で触った。

幹次郎の一行が吉原会所に戻ったとき、会所の土間にふたりの男が憮然《ぶぜん》として立っていた。

ひとりは若い男でいかにも遊冶郎《ゆうやろう》然とした顔つきと形で、もうひとりの男はお店の番頭風だった。

小頭《こがしら》の長吉《ちようきち》を幹次郎が見た。

「このお若いお方ですがね、伊之助《いのすけ》さんといって、伏見町《ふしみちよう》の梅幸楼《ばいこうろう》の早乙女《さおとめ》さんを請け出す約束で楼に居続けて、親父さんの店から身請《みう》けの金子五十両が来るのを待っていたんだそうです。ところが、親父さんが吉原の女郎を嫁になどできませんと断わってきたそうな」

若い男が腹立たし気に長吉を睨《にら》んだ。そして、土間の奥に座り込んだ遠助を見て、

「吉原会所に犬がいるのか。わたしゃ、犬が嫌いだね」

と吐き捨てた。それには構わず長吉が説明を続けた。

「こちらの番頭さんは、若旦那の伊之助さんに因果《いんが》を含めに来たんですよ。身請けを信じ込んでいた早乙女は、ぎゃあぎゃあ泣き叫ぶ、騒ぎ立てる。梅幸楼の遣

手が困ってね、若旦那に、『いったんこれまでの遊び代を払ってお宅にお戻りなさい。身請け話は仕切り直しですよ』と言ったそうな。ところが居続けの遊び代の三両三分すら伊之助さんは持ち合わせがないとか。梅幸楼では伊之助さんと番頭さんに付き馬《うま》をつけて、店まで遊び代を取りに行こうと企てたんですがね、伊之助さんも番頭さんもそんなことすると、いよいよ親父さんが臍《へそ》を曲げるってんで、『付き馬は断わります。それよりもう少し居続けさせてくれたら、必ず親父が折れるから』というのを、楼は冗談じゃないってんで、うちに連れてきたんですよ」

伏見町の梅幸楼は、引手茶屋を通すような大見世ではない。直《じか》に楼に行き、一夜をともにするような小見世《こみせ》（総半籬《そうはんまがき》）だ。

伊之助は早乙女の半年来の馴染とか、これまでの支払い具合から三日分居続けさせたらしい。身請け金が来るのを信じて待った結果がこのような仕儀《しぎ》になったというわけだ。

「居続けの費《つい》えの払いまで会所が面倒みることはできまい。梅幸楼の男衆がふたりに付き馬として従っていくしか手はあるまいな」

幹次郎は長吉に言う体で客の伊之助に言い聞かせていた。

不意に伊之助が幹次郎を見た。

「会所の裏同心ってのはおまえさんだね。おまえさんがうちに行けば五十両や百両の金は親父が必ず出しますよ。親父は臆病者《おくびようもの》だし、わたしゃ、備前屋《びぜんや》のひとり息子です。おまえさんが室町《むろまち》のお店を訪ねてくれませんか」

と伊之助は都合のいいことを幹次郎に言い放った。

「お客さん、なにを考えてんだい。会所は遊び代の取り立てまではしませんよ。まして神守の旦那が付き馬の真似なんて致しませんでな。まあ、梅幸楼出入りの男衆が来るのをお待ちなさい」

と長吉が言った。

「冗談も休み休み言ってほしいね。わたしゃ、梅幸楼の馴染だよ。たった三両三分ぽっちの遊び代で付き馬なんて連れてお店に帰れるものか」

と伊之助が居直った。

「番頭どの、お店はなにをしておるのだ」

「はい、うちは室町でも老舗《しにせ》の刃物商いの備前屋でございますよ」

「若旦那の身請け話を大旦那も承知なんだな」

「それが、若旦那と大旦那に食い違いがございましてな」

「番頭さん、食い違いってなんだい」

長吉がやり取りに割り込んできた。

「若旦那の伊之助さんには許嫁《いいなずけ》がおりましてね、従妹《いとこ》のおつるさんが嫁に来ることになっているのでございますよ。ところが若旦那はおつるさんは嫌だ、梅幸楼の早乙女さんを身請けして嫁にするというので、大旦那がそんな身請け話など受け入れられるかと、かんかんに怒っておいでなんでございますよ」

番頭が淡々と内情を話した。

「番頭、わたしゃ、おつるなんて小便くさい娘は嫌だからね」

と伊之助が言い放った。

「そりゃ、困ったな。ともかくこたびの遊び代を支払ってくれないと、梅幸楼も困ろう。番頭どの、そなたが立て替えて、備前屋の跡継ぎを店に連れ戻ってはどうだ。さすれば付き馬がいっしょに店に行くこともない」

「わたしゃ、三両三分なんてお金は持たされておりません」

番頭がこんどは憤然《ふんぜん》として言い返した。

「といっても吉原も商売ですぜ。商人《あきんど》の番頭さんならそのへんの道理は分かろうというもんじゃないか」

長吉が苛立《いらだ》って声を張り上げたとき、梅幸楼の男衆の安吉《やすきち》が姿を見せた。

「わすがいっしょに行くだ」

と在所訛《なま》りで伊之助と番頭を見た。

「冗談じゃないよ。こんな在所者を付き馬に連れ帰ったとあれば、あの界隈を明日から歩けませんよ」

と伊之助が怒りの顔で言い、

「若旦那どん、おめえさん、早乙女さんを騙《だま》してねえかね」

と安吉が言い出すと真っ赤な顔をして怒り出した。

「在所者めが、わたしが早乙女をどう騙したというんです」

「身請けだなんだかんだとぬかして、早乙女さんをその気にさせたべえ。そのくせ、おめえさんは本気で身請けなんて考えてなかんべえ。居続けの銭など端《はな》っから払う気ねえべ。これまで早乙女さんにいくらたかったただ」

「抜かしやがったな、こんな田吾作《たごさく》に馬鹿にされて黙っている伊之助じゃねえ。梅幸楼の主を呼んできやがれ」

と長吉に伊之助が怒鳴ったとき、番方らが見廻りから戻ってきた。

そのとき、玉藻《たまも》が姿を見せて幹次郎を手招きした。

「お父つぁんが呼んでいるわ」

畏まった幹次郎が奥座敷に行くと、

「神守様、あんな話にまともに付き合うことはありませんよ。番方たちが始末をつけますゆえ。履き物は隣の裏に回してございます、偶《たま》には早く家にお帰りなされ。桜季の一件を汀女先生と麻様に相談してくだされ」

と四郎兵衛が言った。

「ならば」

と隣の引手茶屋山口巴屋に行きかけた幹次郎に、

「梅幸楼の男衆の言葉が当たってますな。老舗の若旦那などと威張《いば》っていますが、ありゃ、タチが悪うございますよ。この際、きついお灸《きゅう》をすえたほうが宜しい」

とさらに四郎兵衛が言った。

幹次郎が柘榴の家に戻ったとき、すでに汀女も料理茶屋山口巴屋から戻っている気配がした。

「おや、今宵《こよい》はいつもより早いお帰りですね」

格子戸の表に立つ幹次郎を迎えたのは加門麻だった。

「七代目が偶には早くお帰りなさいと申されたのだ」

刀を受け取った麻が、

「こんな日もあってようございましょう」

とまるで汀女のような口調で言った。

「姉様と麻にいささか相談もあるのだ」

と言った幹次郎が居間に向かうと、そこでは汀女が普段着に着替えたところだった。

「私と麻に相談とはなんですね」

「台所で話そうか」

幹次郎は羽織と袴《はかま》を脱ぎ、着流しで台所に行った。囲炉裏《いろり》には炭が入ってちろちろと燃えていた。

「火が恋しくなる季節じゃな」

幹次郎の席に黒介が丸まっていた。幹次郎が黒介を抱き上げると、みゃうみゃうと鳴いて腕から逃れようとした。

「ここはこの神守幹次郎の席じゃぞ」

と言いながら黒介を板張りに下ろした。

黒介は、囲炉裏の周りを見回し、おあきの席に向かうと丸まった。

「おあき、夕餉《ゆうげ》を終えたか」

「はい。黒介は私がもうそこには座らないことを承知なんです」

「なかなか利口な黒介じゃな」

酒の仕度をして、夕餉の膳を出したおあきが部屋に下がった。これから三人だけの夕餉が始まるのだ。

「今日も一日ご苦労でございました」

汀女が幹次郎と麻に言い、互いに酒を注《つ》ぎ交わした。

「姉上、麻はなにもしておりません」

「麻は当分骨休めするのが仕事です」

と汀女が妹の麻に言った。

三人はそれぞれ猪口《ちょこ》を口へと持っていった。

むろん加門麻は汀女の実の妹ではない。先代伊勢亀《いせき》が死を前にして幹次郎に一任したことがあった。それは三浦屋の筆頭花魁薄墨を落籍し、加門麻に立ち返らせることだった。

その希代《きだい》の落籍話を取りまとめたのが幹次郎であった。そして、吉原の外に出

たはいが行き場がないという麻は、神守幹次郎と汀女の家にいっしょに暮らすことを望んだのだ。そのときから汀女と麻は、

「姉と妹」

になったのだ。

「姉上、いつまで骨休めが続くのです」

「そなたにやりたいことができた折りに相談しましょう」

と姉が妹に答えた。

「姉様、麻、それがしの相談も麻の話と似ていなくもない」

と言い出した幹次郎に汀女が笑いかけた。

「おや、姉様はわしの相談を読まれたか」

「桜季さんのことではございませんか」

「やはり見抜かれておったか」

と前置きした幹次郎は、汀女が三浦屋の四郎左衛門に頼んだことを知らぬふりをして、己が思いついた考えをふたりに語った。

「姉様、そなたの手習い塾に桜季を復帰させることは叶わぬか」

「桜季さんが願われましたか」

「いや、このこと、桜季は未だなにも知らぬ。最前の話で察せられたであろうが、桜季の表情が明るくなり、生き方が変わったように思えるのだ。これはそれがしだけの考えではない。初音、豆腐の山屋の夫婦、澄乃、いずれも同じく感じていることだ」

「幹どの、桜季さんが変わったきっかけはどのようなことでございましょう」

と麻が尋ねた。

「そなたと桜季は文を取り交わしておるな。それがしが最前から申したこと、どう考えるな」

幹次郎は麻の問いには答えず反問した。

しばし沈思した麻が、

「吉原であれ世間様のどこであれ、己ひとりでは生きてはいけぬことを桜季さんは身をもって学んだのではございますまいか。初音さん、山屋の文六さん、おなつさん夫婦、澄乃さんの真心を、そして、犬の遠助の肌身の温《ぬく》もりを感じたとき、桜季さんのなにかが変わったのです」

麻の言葉に幹次郎が頷いた。

「幹どの、明日にも桜季さんからの文をお読みくださいますか」

「いや、それはしてはならぬことだ。どのようなことが認めてあったにせよ、桜季は麻にだけ胸の中を打ち明けたのだ。それを裏切ってはならぬ」

幹次郎の言葉に麻が頷き、

「姉上、幹どのが桜季さんを見捨てなかったゆえに、今宵のようなやり取りができるのだと思いませんか。すべては幹どのから事が始まっておるのです。私からもお願い申します。姉上の手習い塾に桜季さんを戻してくださいまし」

「おふたりの気持ち、今晩とくと考えましょう。こたびのこと決して失敗は許されませんからね」

と汀女が応じた。

「姉様、それでよい。それがしもひとりで持ち切れぬゆえ、姉様と麻に相談したのだ」

「その気持ち、よう分かります」

浅草田圃《たんぼ》に冬の木枯《こが》らしが吹き始めた音がした。

炭火がちろちろと燃える囲炉裏の傍で、三人はゆっくりと猪口の酒を口に運びながら、期せずしてこれまでの旅路をそれぞれが思い返していた。

第二章　脅迫数多《あまた》

一

この朝、朝稽古には出なかったが、聖天横町の湯屋に行った。もしかして身代わりの左吉が姿を見せているのではないかと思ったからだ。だが、左吉の姿はなく、いつものように湯屋で顔を合わせる、この界隈の隠居ふたりがのんびりと湯に浸かっていた。

「おや、吉原会所の旦那かえ。今日は剣術《やっとう》の稽古帰りではなさそうだ」

「ええ、稽古は休みました。その分、のんびりと朝寝を楽しみました」

「なによりなにより。人はな、根詰《こんつ》めて御用を続けておると体に疲れが溜まってしまう。ときに休むのもいいもんだ」

「そうそう、そいつが長生きの秘訣《ひけつ》というもんだ」

と、油屋と畳職を二、三年前にそれぞれ倅《せがれ》に譲ったふたりの隠居が言い合った。

「ご隠居方のお言葉、肝に銘《めい》じます」

と応じた幹次郎に、

「吉原じゃ、なんぞ変わった騒ぎがあったかね」

と油屋の隠居が幹次郎に尋ねた。

「昨晩はございましたな。さるお店の若旦那が楼に上がり、お店から馴染の遊女の身請け金を持参するというので三日ばかり居続けをしておりましたがな、空《から》っ手《て》でやってきた番頭が、『若旦那、大旦那は女郎なんぞを嫁にはできない、落籍の金は出せないと言っている』というので、楼と遊女と若旦那の間で揉めごとがあったようで。その騒ぎが会所に持ち込まれて番方たちが難儀をしておりました。まあ、その程度の騒ぎでござった。その結末は見ることなく家に戻りましたので、そのあと、どうなったか知りません」

「身請け話で親父が快く金を出すなんてことは千にひとつだろうが。その若旦那野郎、身請けだなんだかんだと馴染の女郎に期待を抱かせてよ、騙しているんじやないか」

畳職だった隠居が幹次郎に言った。

「会所の七代目もそんなことではないかとみております。居続けの金を払わせて、身請け話は立ち消えになるのではございますまいか」

「いつも損を見るのは女郎のほうだ。居続けの金も女郎の借財に加えられて、一件落着だな」

「なんだか世知辛《せちがら》い世の中になったもんですね。それなりのお店の若旦那がそんな野暮《やぼ》な遊びしかできないのかね」

湯船の中で幹次郎はふたりの隠居と話しながら体を温め、

「ご隠居方、お先に失礼しますぞ」

と言い残して柘榴口を出て上がり湯を使い、脱衣場に上がった。

刻限は五つ（午前八時）時分か。

働き盛りの職人衆はとっくに普請場《ふしんば》に出ている刻限だ。朝湯のいちばん込み合う時はすでに終わって、脱衣場にもなんとなく長閑な雰囲気が漂っていた。

「会所のお侍《さむらい》さん、隠居さんふたりはまだ湯船にいたの」

と番台のおかみが幹次郎に尋ねた。

「おられたな」

「湯船を出たり入ったり、長いったらありゃしない。もっとも湯から上がったら上がったで二階で茶を飲み、だらだらと時を過ごして半日以上もうちで過ごしていくんだから」

湯屋の居続けか。こちらに罪はないなと幹次郎は、なんとなく隠居の時の過ごし方が可笑《おか》しくなった。

「隠居となれば、暇だけは十分あろうからな」

「といっても、湯屋は年寄りの遊び場でないのよ。まあね、家におられても邪魔なだけかもしれないけど」

おかみが諦《あきら》め顔で言った。

そんな苦情とも愚痴《ぐち》ともつかぬ言葉に送られて、幹次郎は湯屋から柘榴の家に戻った。

朝餉の仕度ができて、汀女も麻も幹次郎を待っていた。

柘榴の家では、朝餉だけはおあきを含めて四人が揃って膳を前にする。昨夜も汀女と麻といっしょに夕餉をとっていたので、昨日の続きのような感じがした。

「姉様、本日は格別な客があるのかな」

「寺町のお坊さん方が昼餉《ひるげ》にお見えとか。お坊さんは結構口が奢《おご》っているから、調理場は気を使うことになりそうね」

「坊主どの方が昼間から料理茶屋に上がって酒を呑み、美味《うま》いものを食《しょく》するか、贅沢《ぜいたく》な話であるな」

「幹どの、吉原のお客様の中にも結構お坊さんがおられましょう」

「おるな。引手茶屋で衣装替えして、医師や俳諧《はいかい》の宗匠《そうしょう》などに姿を変えて遊ばれる。仏道に精進されようと欲望は捨て切れぬとみえる。まあ、吉原はそのような客で潤《うるお》っているのだから致し方ないな」

朝餉の間、いつものようなやり取りを繰り返して食べ終えた。

「お茶を替えます」

おあきが茶を淹《い》れ替えたとき、汀女が幹次郎に、

「昨夜《ゆうべ》の一件ですが、幹どの、桜季さんに話してみてくだされ」

「よいのか。姉様の手習い塾に桜季が戻って」

幹次郎の言葉に一晩改めて考えた汀女が頷いた。

「幹どの方の判断を信じます。それに、初音さんがいくら親身《しんみ》に桜季さんのことを思っても、局見世は狭いところでしょう。お互い我慢にも限界がございましょ

うから」

と汀女が言った。すると麻も言い出した。

「幹どの、昨晩床に就《つ》く前に桜季さんに文を書きました、むろんこの件には触れてございません。いつものように私の気持ちを認めました。届けてください」

「ふたりの気持ちを桜季がどう受け止めるか。まず初音姐さんと話した上で、手習い塾への復帰を伝えてみよう」

おあきが淹れ替えた茶を喫《きっ》しながら、どう桜季に切り出したものか、幹次郎は漠然と思い悩んでいた。


幹次郎が大門を潜ったのは、五つ半（午前九時）過ぎのことだった。

「おい、昨夜の騒ぎを承知か」

面番所の前から声がかかった。村崎同心も早い出仕だった。どうせ母親と嫁にあれこれと文句を聞かされて、八丁堀の役宅を早々に逃げ出してきたのだろう。

「昨夜、騒ぎがございましたか」

「そなた、早帰りしたそうじゃな」

「七代目の許しを得て、いつもよりだいぶ早くに大門を出ました」

「そうか、そなたは知らぬか。伏見町の女郎がな、身請け話が壊れたというので、相手の客に剃刀《かみそり》で斬りかかったとか」

なんとあのあと、そのような騒ぎがあったのか。

「客は怪我をしたのですか」

「いや、番方らが付き添っていたで怪我はしなかったらしい。だが、客のほうが女郎に斬りつけられたというので、えらく怒って、二度とこんな楼に上がるものか、そう捨て台詞《ぜりふ》を残してさっさと楼を出ていったそうだ」

村崎同心の話では様子が今ひとつ摑《つか》めなかった。

「村崎どの、本日はえらく早い出仕ですね」

幹次郎は曖昧《あいまい》な話から話柄を変えた。

「うちでもな、稼ぎが悪いというので、女房の機嫌が悪いのだ。なにしろ定町廻り同心なんぞは盆暮れに出入りの店などからそれなりの金子が入ろう。ところが面番所勤めではさようなうまみはないからな」

「そう申されますな、村崎どのの懐には、会所からそれなりのものが渡っているではございませんか」

「おい、さようなことを表で口にするでない。あの金子は女房にも母にも内緒のへそくりでな、わしが頼りにしておるのだ」

「なんと、ご新造に内緒で貯め込んでおられるのですか」

「すべてではないぞ。女房に渡すのは会所から頂戴する一部と思え」

「村崎どのはご新造どのを騙しておられるのですね」

「騙すなどと大げさに言うでない。男ならだれでもやっておることだろうが。そなたなど、あちらこちらから実入りがありそうじゃ。それなりに貯め込んでおるのではないか」

「それがし、姉様、いえ、女房にすべて差し出しておりますでな。いたって家の中は平穏でございます」

「嘘を申せ」

「それがし、村崎どのに虚言《きょげん》などひとつとして言うたことがございませんぞ」

「それ、その口がすでに嘘と言うておるのだ」

「いえ、真の話です」

幹次郎は、村崎同心に言い残して吉原会所に入った。すると会所には番方以下、ほぼ全員が揃っていた。

早速《さっそく》、番方が幹次郎に言い出した。

「昨夜の備前屋の伊之助ですがね、あやつ、なかなかしたたかな野郎ですぞ。迎えに来た番頭とふたり、ともかく伏見町の楼と話し合いなされとあちらに戻したんだ。むろんわっしが一応従いました。そのまま大門を出られても困りますからね。楼に戻った伊之助め、『会所との話し合いで、当分、こちらで居続けをすることになった』と平気な顔で馴染の遊女の早乙女の部屋に上がっていったと思ったら、それを見た早乙女が泣き叫ぶやら怒るやらで、剃刀を持ち出し、『伊之助さん、わちきといっしょに死んで』なんて言い出したものだからよ。あやつ、『女郎が客を殺すとよ、なんて楼だ』って大騒ぎしやがって、『こんな楼にはいられない』とさっさと番頭といっしょに大門を出ていっちまったんだ。伊之助は早乙女を身請けする気など最初《はな》からなかったんじゃないか」

と仙右衛門が言った。

「居続けの金子も払わずにかな」

「ああ、そのようだ」

「えらい損だな」

幹次郎は、湯屋で隠居のひとりが言っていたことが当たったな、と思った。

「番方、楼では取り立てに行くのか」

「室町の刃物屋の備前屋はそれなりの老舗だが、あの界隈では『祭の折りにも一文も出したことがない』というほどの吝嗇《りんしょく》の店だ。真正面から行っても一文も払うまいな」

「倅は三日も居続けしたんじゃないのか」

「ああ、その通りだ」

「梅幸楼では早乙女に居続けの代金も付け替える気か。とどのつまり泣くのは女郎ということか」

「致し方あるまい。会所は楼の揉めごとにそこまで首を突っ込めないからな。昨晩いっそのこと早乙女が伊之助に怪我を負わせていれば、おれたちも動けるんだがな」

仙右衛門が乱暴なことを言った。

「番方、それでは早乙女が面番所の村崎同心に捕まって折檻《せっかん》されるだけで、伊之助にはなんのお咎めもなかろう」

「そうなるか」

仙右衛門がなにかいい考えはないかという顔で幹次郎を見た。

「早乙女という女郎は吉原で長いのかな」

「いや、客を取るようになって半年かな。歳は十八だ、吉原がどんなところか未だ知るまい。それで伊之助の甘言《かんげん》を真に受けたんだな」

と言った。

「もはや伊之助は吉原に出入りできまいな」

「いや、あやつ、好き者というからほとぼりが冷めた時分に舞い戻ってくるとみている」

「番方、梅幸楼に登楼する気かな」

「そんな度胸はあるまい。他の小見世に登楼するな。あやつを懲らしめる機会があるとしたらその折りだ」

仙右衛門が言った。

「その折りはそれがしも一枚嚙ませてもらおう。早乙女の仇《かたき》を討つ」

「よかろう、覚えておくぜ」

黙ってふたりの話を聞いていた澄乃が、刀を腰から外しかけた幹次郎に言った。

「七代目は出かけておられます」

「そうか、お留守か。ならば澄乃、見廻りに付き合わぬか」

と誘うと、土間の奥で丸くなっていた遠助が起き上がってふたりに従う気配を見せた。

「遠助め、人の話す言葉が分かるのかね」

と金次《きんじ》が言った。すると澄乃が、

「金次さんより頭がよいかもしれませんよ」

と笑った。

「ちくしょう、新入りのくせに、この金次を遠助以下だと言いやがるか」

「あら、怒ったの、金次兄さん。冗談が分からないの」

軽くいなした澄乃の帯の下に麻縄《あさなわ》が隠されて巻かれていた。

ふたりと遠助は、揚屋町の木戸門を潜り、「住人の他、立ち入り禁ず」の貼り紙のある蜘蛛道に入り込んだ。

「澄乃、梅幸楼の一件だが、なんぞ思うところがあるのではないか」

と幹次郎が訊いた。

「まだ初心《うぶ》な女郎さんを騙した上に居続けの代金まで借財に組み入れさせるような真似をするのは許せません」

と言った。

「あやつは、ああやって生きてきた輩《やから》だ。番方が言うように、あやつが吉原に戻ってきたときが年貢の納めどきだ」

「それはいつのことですか」

「さあて、半年後か一年後か」

「そんな悠長《ゆうちょう》なことでよいのですか」

と澄乃の責める声が言った。

「なんぞ考えがあるようだな」

幹次郎は後ろから従う澄乃を振り返った。

「あの伊之助って男、のっぺりとした顔に女が惚《ほ》れると己惚《うぬぼ》れているのです。だから女郎さんの名で誘い出せばいい」

「早乙女の名でかな」

「いえ、どこか別の楼の女郎衆の名を借りて呼び出せば、必ず伊之助は吉原に戻ってきます」

「早乙女の仇を澄乃が討つか。おぬしに任せてみよう」

「承知しました」

と澄乃が答えた。

西河岸の初音の局見世には手あぶりが出してあって、初音が煙草《たばこ》を吸っていた。

「おや、会所の旦那かい」

幹次郎は五十間道の煙草屋で買ってきた薩摩《さつま》の刻み煙草を懐から取り出して、手あぶりの脇に置いた。

「いつもすまないね。桜季は、開運稲荷の掃除をしているよ」

「いや、初音、そなたに相談があってきた」

「なんだね」

幹次郎は、

「桜季を汀女の手習い塾に通わせようと思うのだが、そなたの考えはどうかな」

と尋ねた。

局見世の外に立っていた澄乃が驚きの声を漏らした。

「ほう、神守の旦那は、桜季をそろそろどぶ水から引っ張り上げようと考えていなさるかね」

「いや、その一歩としてな、五丁町の風に触れさせてみたいと思ったのだ」

「わたしゃ、旦那のやることには異は唱えないよ。桜季は、この西河岸に来て変わった。それは西河岸が変えたんじゃない。神守幹次郎って人の心根と熱意が変えたんだからね」

と初音が言い切った。

「そなたがこのことに賛成なれば桜季に話してみよう。それでよいかな、初音」

「神守の旦那、つい最前その問いに答えたよ」

幹次郎は立ち上がると開運稲荷へと歩き出した。

「神守様」

澄乃が声をかけた。

「なんだ」

「昨日は余計なことを申しました。お詫びします」

「詫びの要などない。そなたに言われたゆえ気づいたことかもしれぬでな」

開運稲荷の小さな社《やしろ》を、桜季がせっせと濡れ雑巾で洗っていた。

遠助がわんと吠え、振り向いた桜季が、あら、遠助と呼ぶと、よたよたながらも桜季に走り寄って体をすりつけた。

しばらく幹次郎と澄乃は、桜季と遠助の抱き合う光景を眺めていた。

不意に桜季が遠助を両腕に抱いたまま、幹次郎に視線を向けた。

「なんぞ御用がありますので」

「桜季、そなた、汀女の手習い塾に戻る気はあるか」

と幹次郎はいきなり尋ねた。

驚きの表情を見せた桜季の顔が歪《ゆが》んで、瞼《まぶた》が震えた。

「昔仲間もいる手習い塾に戻るのは、そなたにとって決して愉快《ゆかい》なことばかりではないぞ。難儀のほうが多かろう。嫌がらせをする者やそなたを無視する遊女もいるやもしれぬ。それでも汀女の手習い塾にこれまでの暮らしを続けながら通ってみてはどうか」

桜季は沈黙を守っていた。その頭の中には、いろいろな錯綜《さくそう》した感情が鬩《せめ》ぎ合っているだろうことを、幹次郎も澄乃も見ていた。

桜季が両腕で遠助をぎゅっと抱き締めたあと立ち上がり、深々と幹次郎に頭を下げた。

「決して神守様のお気持ちを裏切る真似は致しません」

桜季は胸の中から絞り出した返事を口にした。

「よい、それでよい」

幹次郎と澄乃は水道尻へと歩いていった。その背を桜季の忍び泣く声が追っかけてきた。

二

ふたりは山屋に立ち寄って、文六とおなつ夫婦に桜季が汀女の手習い塾に通うことになったと告げた。幹次郎の言葉を聞いたあとしばらく黙っていた文六が、

「神守の旦那、桜季さんはよう辛抱したよ。このぶんならば必ずやいい女郎さんの道に立ち返るよ」

と応じた。

「文六どの、桜季は西河岸の初音の局見世に暮らすのをやめたわけではない。ただ手習い塾に通うのを三浦屋の旦那がお許しになっただけだ。塾が終わればこちらに戻ってくる。できれば山屋にもこれまで通りに通わせてくれぬか」

「むろんそうするよ、なあ、おっ母《かあ》」

と文六がおなつに言った。

「こたびのことだがよ、神守の旦那が桜季さんの立ち直る第一歩を考えなすってのことだ、そう考えていいんだね」

「まあ、そういうことだ。最前も言うたが桜季の西河岸暮らしは当分続く」

という幹次郎の言葉におなつが、

「来春にもあちらに戻れるといいね」

と言った。

「それもこれも桜季次第だ、皆さん方の厚意を無にするようなことをこれ以上してほしくない」

と応じた幹次郎に、山屋のただひとりの奉公人の勝造《かつぞう》が、

「神守様、桜季さんならば大丈夫だよ」

とわがことのように請《う》け合った。その顔には喜びの笑みがあった。

「こちらに桜季を置かせてもらってよかった。そのおかげで西河岸の暮らしを辛抱できているのだ。むろん初音の存在も大きい」

「神守様、初音さんがお礼に見えたよ。まるで自分の妹のようにね、思っていなさる。神守様の荒療治が効いたね」

「おなつ、神守の旦那は荒療治なんて考えてねえのよ、先を見通していなさるんだ。真心を込めて見つめていなさるからこそ、わっしらも桜季さんを受け入れたのさ。桜季さんが五丁町に戻っていくときはよ、寂しいだろうな」

「ああ、おまえさん、うちのような蜘蛛道の豆腐屋であんな若い娘が働いてくれ

ることは金輪際《こんりんざい》ないだろうからね。娘を嫁に出す気分ってこんなかね」

おなつは桜季が今日にもいなくなるような、しんみりとした口調で言った。

「ともかくもう少しの間、桜季の気持ちに寄り添って奉公させてくれ」

「任せておきなって。汀女先生の手習い塾に行くときはよ、遠助が送っていくよ。そして、また連れ戻してくれよう」

文六が澄乃の足元に腰を落とした遠助を見た。

幹次郎らは蜘蛛道の見廻りを続けたあと、京町の木戸門を潜り、五丁町に戻った。

「神守様、桜季さんは恵まれた人ですね」

「ああ、三浦屋の楼主、初音、山屋の夫婦、いい人に恵まれた」

「それもこれも神守様のお考えから始まっています。私、なにも知らずに吉原会所の裏同心になりましたが、神守様のようなことができるかな」

澄乃が首を捻った。

「澄乃、桜季が五丁町の楼に帰り、新造として戻ることになれば、そなたも桜季の救いの主のひとりだぞ。これからも話し相手になってくれ」

「はい、むろんこれまで通りにお付き合いしていきます」

「どこにいようと、ひとりだけで世間を渡ることはできないということだな。だれかに助けられ、またたれかに手を差し伸べて世間が成り立つ。それは廓の中も外も変わりあるまい」

「神守様のお考えを肝に銘じて御用を務めます」

「澄乃、そなたはもはや立派な会所の一員だ。そなたが来てくれたことで大いに助かっておる」

と言った幹次郎は不意に思い出した。

「汀女と麻がな、柘榴の家に澄乃を招きたいと言うていたのを忘れていた。七代目に願うで、ふたりして早めに吉原を出た折りにわが家に参らぬか」

澄乃が足を止めて幹次郎を見た。

「真ですか」

「虚言を弄《ろう》してなんになる。姉様が料理茶屋の勤めから早く帰れる日とすり合わせて日にちを決めよう」

幹次郎が言うと澄乃が頭を下げた。

「おや、神守の旦那、女裏同心を叱ってなさるか。なんの悪さをしたんだね」

と通りがかった三浦屋の遣手のおかねが声をかけてきた。

「おかねさん、叱られているんじゃありません。お礼を申していたのです」

「ふーん、神守の旦那に口説《くど》かれたわけではあるまいね」

「おかねさん、われら、吉原に勤める男どもにとって、女衆はすべて触れてはならぬ高嶺《たかね》の花じゃでな、吉原会所の女裏同心とていっしょだ。表であれ裏であれ、口説くなど御法度《ごはっと》とは身に染みて承知しておる」

「そう聞いておこうかね。澄乃さんさ、この旦那、油断するとなにをしでかすか分からぬ御仁だよ。重々気をつけるんだね」

京町の通りでおかねが言い放った。

澄乃はかつて三浦屋の振袖《ふりそで》新造にされたこともあるから、幹次郎の破天荒《はてんこう》ぶりは承知していた。

「おお、そうじゃ。四郎左衛門様に、姉様の手習い塾にひとり弟子が増えましたと伝えてくれぬか。そう申さば旦那どのは分かってくれよう」

と幹次郎が言ったとき、悲鳴が上がった。

仲之町からだ。

澄乃が駆け出しながら帯の下に巻いた麻縄に手を掛けた。遠助がよろよろと澄乃のあとに従った。

「あの娘も一人前の吉原会所の若い女衆になったね」

「そう思うか」

「だって、あの娘を信用しているからこそ、神守様は急ぎもしないでこの場に残ったんだろ」

「まあ、そうだ。とはいえ、おかねさん、それがしも顔を出してこよう」

「そうしなそうしな。最前のことは旦那に伝えておくよ」

おかねは汀女の弟子がだれか見当がついたような顔で応じた。

幹次郎が仲之町に出たとき、角町《すみちょう》との辻《つじ》付近で人だかりがしていた。

昼見世が始まった時分で素見《ひやかし》や勤番侍が囲んで、中から遠助の吠える声が聞こえてきた。

「相すまぬ、なにが起こったのだ」

仕事が閑《ひま》で吉原を覗きに来た体の男に訊いた。

「角町の楼の女郎を大門の外に連れ出そうって在所者がいるんだよ。手に出刃《でば》なんぞ持って振り回しているんだ」

「さようか、すまぬが通してくれぬか」

「おい、お侍、ずるかねえか。おれだってよく揉めごとが見えないんだぞ。それをあとから来て割り込もうってのか」

男は、塗笠《ぬりがさ》に着流しの腰に大刀を一本落とし差しにした幹次郎に言った。

「わしは会所の者だ」

幹次郎が塗笠の下の顔を見せた。

「なんだ、裏同心の旦那かい。おめえさんの朋輩の女が頑張っているぜ。おーい、会所の旦那のお通りだ、脇に避《よ》けてくんな」

と余計なことまで言いながら、幹次郎の通り道を作ってくれた。

振袖新造か、十七、八の女郎が顔を引きつらせ、出刃包丁を構えた男に手首を摑まれ、

「ど、どけ、どいてくれ。お、おそのはおれの許嫁なんだぞ」

男は在所訛りで叫びながら出刃包丁を滅多《めった》やたらに振り回していた。

澄乃は、振新《ふりしん》と出刃包丁の男の間に割り込もうと、ひっそりとふたりの前に立っていた。遠助も澄乃の命《めい》を待って男女ふたりの前に構えていた。

「元《げん》ちゃん、こんなことしたらダメなのよ。私は売られたんだから致し方ないの。お父つぁんの病に免じて許して」

振新が必死に許婚だったらしい男に訴えた。

「おその、おれは承知していねえ」

人垣が割れて、番方たちが姿を見せた。

幹次郎はこの場は澄乃に任せよ、と目で合図した。頷いた仙右衛門が、

「お客人、見世物じゃねえんだ、怪我をしてもいけねえから散ってくれないか」

と人垣に声をかけた。

「だってよ、吉原でなきゃ、こんな見世物見られないぜ」

「許嫁ってんだからよ、元ちゃんとおそのをさ、大門の外に出してやんなよ。会所の若い衆よ」

などと職人風の素見が無責任な言葉を言い合った。

出刃包丁を構えた男の注意が一瞬そちらに向けられた。

その瞬間、澄乃の腰帯の下に巻かれてあった麻縄がまるでしなる鞭《むち》のように引き抜かれて出刃包丁を持つ男の手首を叩き、出刃包丁が足元に落ちた。すると構えていた金次たち若い衆が振新と男を引き離した。

「おその」

と叫ぶ男の前に立った澄乃が出刃包丁を草履《ぞうり》の足で踏みつけて、

「お客さん、ちょっとあちらの会所までお付き合い願えますか。おそのさんもい

っしょに行きますからね」

と諭《さと》すように言い、おそのと呼ばれた振新と元ちゃんを、金次たちが会所へと連れていった。

「澄乃、手柄だったたな」

と幹次郎が澄乃の始末の付け方を褒めた。草履で押さえていた出刃包丁を拾った澄乃に、

「その出刃、預かろう」

幹次郎が受け取り、

「おそのはどこの楼の抱えだ」

と尋ねてみた。すると澄乃が、

「角町の美咲楼《みさきろう》です。源氏名《げんじな》は栄香《えいか》さんです」

と立ちどころに答えた。

「分かった。そなたと遠助は会所に戻っておれ。美咲楼を訪ねてこよう」

澄乃に命じた幹次郎は、出刃包丁を懐に美咲楼を訪ねた。

「栄香は怪我をしていませんよね、神守の旦那」

美咲楼の番頭が血相を変えて尋ねた。

「安心せよ、栄香も男も怪我はしておらぬ」

「男はどうでもようございますがね、栄香は売り物です。顔に傷でも負ったら大損だ」

と番頭が言い放った。

「そなた、幹助《かんすけ》だったな」

「へえ、番頭の幹助です」

「どうして男を栄香に会わせた」

「あいつ、裏口から台所に入り込んで、めしを食っていた栄香の手を引いていきなり裏口から連れ出したんだよ」

幹次郎は懐から男が持っていた出刃包丁を出して見せ、

「この出刃はこの楼のものか」

と尋ねると女衆が、

「うちのです」

と叫んで幹次郎の手から取り戻そうとした。

「しばし待て」

と言った幹次郎は、

「栄香は直ぐに戻ってくる。それでよいな」

「昼見世が始まったのです。直ぐにも戻ってきてくれなければ困ります」

「幹助さん、裏口に入るには蜘蛛道を通らねばなるまいな。なぜ見張りを入り口に立てておかぬ。こちらでは『立ち入り禁ず』の貼り紙をしていないではないか。それに、知らぬ顔の男が台所に入り込んで出刃包丁を摑むまで気づかなかったか」

「神守の旦那、なにが言いたいんだ。あの野郎は勝手に入り込んできたんだよ」

幹助が憤然として幹次郎に食ってかかった。

「いかにもさようだ。だが、その折り、素手であったろう」

「だからさ、逃げ出すときにおまえさんが手にしている出刃を台所から持ち出したんだよ」

「いや、男は裏口から入ってきて許嫁だった栄香を連れ出したが、直ぐに取り押さえられた」

「違いますって。出刃でわたしらを脅《おど》して栄香を」

と抗《あらが》う幹助の口が不意に止まった。

「神守様は、男が出刃などうちから持ち出さなかったことにしろと言いなさるのか」

「出刃など振り回したとするならば、あの者は面番所に引き渡さねばなるまい。大番屋で厳しい取り調べが行われよう。となると、こちらの台所に出刃包丁が放り出してあったことも咎められような」

幹次郎のいささか大仰《おおぎよう》な推測に幹助が、

「わ、分かった。神守様にこの一件任せよう。その代わり、直ぐにも栄香を返してくれますね」

「承知した。この出刃は一時たりとも美咲楼の台所から外に持ち出されたことはない。それでよいな」

「承知しました」

と応じた幹助に幹次郎は出刃包丁を返した。

幹次郎が会所に戻ってみると、栄香と元ちゃんと呼ばれた男女が上がり框《がまち》に離れて座らされ、泣いていた。調べは番方が行っていた。

「番方、この騒ぎ、面番所は承知か」

「それがな、村崎同心は見返《みかえ》り柳《やなぎ》横の外《そと》茶屋でだれぞの弱みでも見つけたか、昼餉を馳走《ちそう》になって酒を呑んでいるんだとよ」

「七代目もおられぬか」

「朝から御用で未だお帰りではない。村崎同心や七代目に知恵を借りる一件ではあるまい。出刃包丁を神守様が持っているそうだな」

「出刃包丁だと、なんのことだ」

「だから、この男が振り回していた出刃だよ」

しばし間を置いた幹次郎が、

「出刃は美咲楼の台所にあったものだ。戻してきた」

「なに」

仙右衛門が幹次郎の言葉に訝《いぶか》しげな顔をした。

「美咲楼はこたびの一件で騒ぎ立てることはない。ただし栄香は直ぐにも返してほしいそうだ」

「神守様、この騒ぎ、なかったことにするというのか」

「栄香は吉原に身を落としたさだめを受け入れておる。許婚だった男がいささか頭に血が上っただけのことだ。お白洲《しらす》に持ち出す話ではなかろう」

こんどは仙右衛門が沈思し、得心したように頷くと、

「澄乃、栄香を楼に連れ戻せ」

と命じた。

栄香がちらりと許婚だった男を見た。だが、潔《いさぎよ》く立ち上がり、幹次郎に、

「元三《げんぞう》さんは村に戻れますか」

と尋ねた。

元三というのか、男は栄香を見た。なにか別人を見る眼差《まなざ》しだった。

「村はどこか」

「堀切村《ほりきりむら》です」

「なにをしておる」

「おっ母さんや婆様と花を栽培して暮らしております」

栄香の言葉には諦観《ていかん》があった。

花を作る男の嫁になるのは、栄香の父親の病のために諦めざるを得なかったのだ。

「廓の女郎衆はだれもが胸に哀《かな》しみや痛みを抱いておる。女子《おなご》がさだめを受け入れようというのだ。元三、そなたが耐えなくてどうする」

幹次郎は澄乃に、栄香を美咲楼に届けよと命じた。ふたりの女が会所を出てい

くと、

「番方、また差し出がましいことをしたようだ」

「こたびのことで咎人を作ることもありますまい。わっしもどうしたものかと迷っていたとこですよ」

「ならばよかった。それがしが大門の外まで元三を伴っていこう。それでよいな、番方」

「一々《いちいち》わっしに断わることもありますまい」

と応じた仙右衛門の口調に皮肉が籠《こも》っていた。それに気づかぬふりをして、

「元三、参るぞ」

と吉原会所から連れ出した。

元三は黙々と幹次郎に従って歩いていたが、

「お侍さん、おそのの年季が明けるのはいつのことだ」

と尋ねた。

「官許《かんきょ》の吉原では、『苦界《くがい》十年 二十七明け』という言葉がある。十年勤めて二十七歳で年季が明けるという意味じゃが、この言葉通りにはなかなかいかぬ。よいか、おそのはもはや栄香という遊女に変わったのだ。堀切村に戻り、母御《ははご》とお

婆様と花を作りながら、そなたの嫁に相応《ふさわ》しい娘を探せ」

幹次郎の言葉に、元三はなにも答えなかった。

見返り柳まで来たとき、幹次郎が宣告した。

「元三、一度は許す。だが二度同じ所業をなしたら、吉原会所も見逃すわけにはいかぬ。お白洲に送って裁きを受けてもらうことになる。よいな、二度と吉原に戻ってくるでないぞ」

幹次郎の言葉にこくりと頷いた元三が土手八丁《どてはっちょう》（日本堤《にほんづつみ》）を今戸橋《いまどばし》のほうへとぼとぼと歩いていった。

三

幹次郎は五十間道をゆっくりと大門へと辿っていった。

北風の中に寒さがあった。

「会所の旦那」

と声がかかったのは、五十間道の中ほどに幹次郎が差しかかったときだ。

声の主を振り向くと、読売屋《よみうりや》と出版元を兼ねた門松屋壱之助《かどまつやいちのすけ》だった。

顔見知りだが、これまで親しい付き合いをしたことがない。近ごろ壱之助は、妓楼や遊女の評判を載せて、吉原に初めて訪れた客に楼選び、遊女選びの手がかりを与える出版に手を染めていた。

このような吉原案内は、吉原生まれの蔦屋重三郎《つたやじゅうざぶろう》が安永《あんえい》四年（一七七五）に出した『吉原細見《さいけん》・籬の花』が有名だった。

吉原に精通《せいつう》した重三郎は、廓内の妓楼の名と格式、抱え遊女の名と揚げ代などを記した本形式の『吉原細見』を出して評判をとったのであった。

さらに天明《てんめい》三年（一七八三）に出版元丸屋小兵衛《まるやこへえ》の株を買い受け、一流出版元がしのぎを削る日本橋通油町《にほんばしとおりあぶらちよう》に進出して、洒落本《しやれぼん》、黄表紙《きびようし》、錦絵《にしきえ》など手広い商いを展開した。

だが、時は老中松平定信《ろうじゆうまつだいらさだのぶ》の「寛政《かんせい》の改革」の最中《さなか》の寛政三年（一七九一）だ。

この年の五月に山東京伝《さんとうきようでん》の洒落本『仕懸文庫《しかけぶんこ》』『錦の裏』『娼妓絹籭《しようぎきぬぶるい》』を出版した重三郎は改革の趣旨に反するというので摘発され、身代《しんだい》半減の処罰を受けていた。

幹次郎はこの年に処罰を受けた蔦屋重三郎とは面識がなかった。

蔦屋重三郎の失墜《しつつい》を考えた他の出版元が『吉原細見』に続けと、同じようなものを売り出したが、蔦屋の『吉原細見』に敵《かな》うものはなかった。

門松屋壱之助は二年前に吉原に進出して、読みもの形式の『吉原あれこれ』を出すなど手堅《てがた》い商いで、官許の遊廓吉原のただいまの楼や遊女の評判を載せて人気を得ていた。蔦屋の『吉原細見』に比べ、壱之助の『吉原あれこれ』は、

「値も安いが、書かれていることはたしか」

と評価され、五十間道の北側の路地裏で、細々と読売屋と出版元を兼ねた商いを続けていた。

「なにか用かな」

「五十間道から裏路地に入ってもらえませんか。神守様に読売屋がへばりついていたなんて噂がどこかに知れると厄介だ。なにしろ蔦屋重三郎さんだってお咎めを受けたばかりのご時世ですからね、神守様、お手間は取らせませんでな」

壱之助は幹次郎を案内して五十間道から人の往来が少ない裏路地に連れていった。そぞろ歩きしながら壱之助が言い出した。

「いえね、これまで神守幹次郎様とは掛け違って、お話をした覚えがございません。わっしは根が臆病でしてね、評判の高いお方と縁を持つのはだれとも避けてきたんです。まあ、人嫌いともいえます」

「人嫌いね。それでよく読売屋や出版元の主が務まるな」

「蔦屋さんのように派手に動けば処罰が待っている。もっとも、家財半分没収と命じられたって恐ろしくはない。おっつかっつの商いで入ってきた金は、右から左に消えていきますからね」

「たしか屋号はめでたい門松屋であったな、金子はないか」

「ございません」

とあっさりと応じた壱之助が、

「仲之町と角町の辻の騒ぎを見ていたんですよ」

美咲楼の栄香と許婚だった元三の騒ぎを壱之助は言っているのだろう。

幹次郎は壱之助の魂胆が分からず、黙って壱之助を見た。小柄だが機敏《きびん》そうな挙動と明晰《めいせき》そうな言葉遣いだった。

「神守様は情を心得ておられる、と人の評判に聞いていたんだがね、評判は当てにならないこともある。だがね、許婚だった男を傷つけることなく放免したやり方を見て感心したんでさ」

壱之助は、最前に起こった騒ぎをどうして知ったか、幹次郎は訝しく思った。

蛇《じゃ》の道は蛇《へび》ということか、と思いながら幹次郎は黙っていた。

「もし最初に隠密廻り同心の村崎様が知ったらね、あの男、いまごろ面番所でこっぴどくやり込められて、大番屋送りになっていましょうな。人ひとりを神守様は救われました」

「なにを言いたいか、よう分からぬ」

と幹次郎が答えた。

「まあ、神守様ならば、そう申されましょうな」

「なにか用かな」

「格別に用というわけではございません。吉原に出入りして『吉原あれこれ』なんて吉原案内を細々と出していますとね、方々で神守幹次郎様の名を耳にすることになる。で、一度お話をと思いましてね、思い切って声をかけたってわけでさあ」

話を元へと戻した。臆病と自称するように慎重な気性の男が、幹次郎を引き留めた理由に、今ひとつ見当がつかなかった。

「それがしは吉原会所の情けで、陰御用を務めてきておるのだ。人の口にそれがしの名が上るとしたら、それがしの御用のやり方は間違っておるということだ」

「そう申されますな。大門内の右と左では、同じ同心でもえらい違いと吉原通《つう》のだれもが承知でさあ。なにしろ面番所は町奉行所の名を笠に着て、権柄《けんぺい》ずくのやり方だからね。わっしら、あちらにはできるだけ出入りを知られないようにして、そっと仕事をやらせてもらっていますのさ。今日も面番所の旦那は、見返り柳横の茶屋で饗応《きようおう》を受けておられる。ご機嫌の笑い声が衣紋坂《えもんざか》を越えて五十間道まで聞こえてきましたぜ」

村崎季光が外茶屋に呼ばれていることを幹次郎は思い出した。

「神守様、村崎季光同心がだれの招きで外茶屋に上がっておるか承知ですかえ」

「知らぬな」

幹次郎は応じた。

「仲之町にある引手茶屋が一軒、見世仕舞いをするのをご存じですかね」

と畳みかける壱之助に幹次郎は首を振り、どうやら本論に入ったらしい、と思った。

「まさか七軒茶屋のひとつではあるまいな」

「七軒茶屋は吉原の顔ですよ。それはございません。ですが、蔦屋重三郎さんの養家《ようか》、喜多川《きたがわ》蔦屋が茶屋を閉じますので」

「なに、引手茶屋蔦屋は、蔦屋重三郎どのの養家であったか」

「はい」

となると、重三郎の処罰との関わりで喜多川蔦屋は茶屋を閉じるということであろうか。その商いのやり方にあくどい評判はなかったな、と幹次郎は思い出していた。

この年、幹次郎は多忙を極めた。

柘榴の家に加門麻が加わり、離れ家の「うすずみ庵《あん》」の普請をする最中、神守夫婦と加門麻は江ノ島《えのしま》から鎌倉へと旅に出た。江戸に戻ったあとも当代の伊勢亀に絡《から》んでのひと騒ぎに首を突っ込まざるを得なかった。先代が当代に幹次郎を「後見方」にと命じていたからだ。

また、柘榴の家の敷地に建ったうすずみ庵のお披露目などがあって、寛政の改革に絡んで蔦屋重三郎が身代半減の沙汰を受けたこともよく知らないできたのだ。

それにしても、まさか引手茶屋の蔦屋が蔦屋重三郎の養家とは思いもつかなかった。

「そなた、用事なんぞないと言うたが、話があるのではないか」

幹次郎は門松屋壱之助を見た。

「話があるといえばあります」

壱之助は平然とした態度で、最前とはまったく違った言い方をした。だが、言い方に愛嬌《あいきょう》があるので嫌な感じは持たなかった。それにしても当人が「根が臆病」と言うほど当てにならぬことはないな、と幹次郎は考えていた。

「話とはなんだな。迂遠《うえん》な言い方はよしてずばり話さぬか」

「神守幹次郎様に絡んでの話でございますよ。全盛を誇った薄墨花魁が落籍されたと思ったら、加門麻様と本名に返って神守様のお宅に住んでおられる。最前陰の者と申されましたが、伊勢亀の先代と昵懇《じっこん》で、薄墨花魁の落籍に関わり、当代の伊勢亀の後見方でもあるそうな。わっしが恐ろしくて近づかなかったわけはお分かりでしょうが」

「そなた、昔話をするためにそれがしを引き留めたか」

「昔話って、すべて今年に起こったことですぜ」

「読売屋にとって今日の出来事でも、競争相手に抜かれれば、もはや過ぎ去った出来事ではないのか」

「わっしがね、花魁薄墨から加門麻様に変わった経緯をうちの読売に書かなかったのは、仲間の読売屋に抜かれたからではございませんので。他の読売が書いた程度はわっしも承知でしたよ。だがね、わっしは神守幹次郎様の人柄にそれとなく感心していたんでね、仲間が書く程度の話をうちの読売に載せたくなかっただけなんでございますよ」

「門松屋壱之助、それがしと女房は西国《さいごく》のさる藩を抜けて諸国を逃げ回り、ようやく吉原会所に拾われて安住の地を得たのだ。以来、それがしは天のさだめに従い、生きてきただけだ。そなたに感心してもらうような者ではないぞ、勘違い致すでない」

幹次郎は踵を返した。

「話はこれからでございますよ」

「迂遠な言い方はよせと申したぞ。そなたが知るように、わしの身辺はあれこれと忙しい」

「神守様は意外と性急なお方でございますね」

壱之助は幹次郎を試すように、なかなか本題に入ろうとはしなかった。

幹次郎は黙って相手を観察することにした。すると、

「引手茶屋喜多川蔦屋の後釜《あとがま》がだれか気になりませんかえ」

と尋ねてきた。

「それがしと関わりがある御仁か」

「ただ今直ぐには関わりございますまい。ですが、早晩この御仁が神守様と睨み合うことになりそうなんでね、そのことをお伝えしようと、神守様をお引き留め致したのでございますよ」

「何者かな」

「まだわっしの口からは申せません。神守様ならば直ぐにお調べがつこうと思います」

しばし間を置いた幹次郎は、

「門松屋壱之助、相分かった」

と言い残して五十間道に戻り始めた。

幹次郎の背を、

「本日、外茶屋で面番所隠密廻り同心に饗応をなしたのは、喜多川蔦屋の新しい主の関わりの者ですよ」

という言葉が追ってきた。

結局壱之助の話は曖昧模糊《もこ》としたまま終わった。思わせぶりなのか、壱之助に危険でも迫っているゆえにあのような言い回しをしたのか、幹次郎にはどちらとも判断がつかなかった。

幹次郎が大門に入ったとき、酒の臭いをさせた村崎季光が待ち受けていた。

「裏同心どの、ただ今出仕か」

村崎はだいぶ酔っているらしい。

「いえ、村崎どのとは、本日五つ半時分にこの場で挨拶をしておりますぞ」

「なに、本日、すでにそなたと会《お》うたか」

「お忘れですか。ご機嫌の様子ですね、なんぞよいことがございましたかな」

「まあ、ないこともない。ただし面番所の御用に絡んでのことでな、そなたが気にすることではないわ」

「それがし、村崎どのがどこのどなたと昼酒を呑まれようと一向に関心が」

「ないか」

と応じた村崎は口をひくひくとさせた。

「訊いてほしいのですか。どなたとお呑みになったか」

村崎同心は話そうか話すまいか葛藤《かっとう》していたが、

「まあな、そなたの生き方を見倣ったわけではないぞ。ともかく吉原の面番所勤めとはいえ、廓内ばかりに目を向けていたのでは料簡《りょうけん》が狭くなるでな、世間とも適当に付き合うのがよかろうと思い、その者の考えをたっぷりと聞かされてきたというわけだ」

「さようでございましたか。たしかに村崎どのの申される通り、この二万七百六十余坪《つぼ》の吉原の廓内ばかり見ておりますと、考えが狭くなりますでな、見識を広めるのはよいことです。で、どなた様とお会いになったのでございますか」

「おお、そこだ」

と言った村崎同心が不意になにかを思い出したように、

「神守幹次郎、危うくそなたの手に乗りそうになったわ。世間には胸のうちに留《とど》めておくべきこともあるのだ」

「ならば、訊きますまい」

と村崎同心から離れようとすると、

「わしはな、思い切って町奉行所同心を辞するかもしれん」

「えっ、なんと申されましたな」

幹次郎は唐突《とうとつ》な言葉に問い返した。

「なに、聞こえなかったか。ならば大したことではないで忘れてくれ」

「最前からえらく持って回った言い方をなされますな」

最前別れた門松屋壱之助も迂遠な話に終始した。村崎が饗応を受けた相手はそれなりの力を持った人物と推量された。

「本日の村崎どのはえらく酔っておられる。なにがあるかも知れません。本日は早めに八丁堀の役宅にお戻りになりませんか。上役《うわやく》の内与力様がふらりとこちらに姿を見せられぬとも限りませんからな」

「うーむ、わしはそれほど酒に酔っておるか」

「だれが見ても酔っぱらっておられます。村崎どのは身分違いといえども、それがしが手本とするお方、しくじりなどしてほしくございませんからな」

しばし考える体を見せた村崎同心が、

「酒に酔ったまま役宅に戻れるものか、嫁がうるさいわ。よし、面番所の狭い座敷でひと眠りして酔いを醒ますか」

「それがようございます。懐のものを落とされないでくだされよ」

幹次郎の言葉に村崎が咄嗟《とっさ》に懐を押さえた。なにがしか金子を摑まされたのだろう。

「わしの財布の中身まで気にしおるか。危ないあぶない、そなた、油断がならぬな」

と言い残した村崎は、千鳥足《ちどりあし》で面番所に入っていった。それを見届けた幹次郎は会所に足を向けた。

いつしか昼見世の終わりが迫っていた。

吉原会所には番方らがいた。

「真向かいの同心はえらくご機嫌ですな」

「番方、だれから饗応を受けたのか、承知か」

「知りませんな。最前千鳥足で五十間道を下りてくるところを見かけまして声をかけましたら、会所とは関わりなき御用であると。いや、そのうち吉原会所の主が変わるわ、などとわけの分からないことを呂律《ろれつ》の回らない舌で言い、こっぴどく叱られました。まあ、昼間の騒ぎに村崎の旦那が面番所を留守にしていたのは、美咲楼にとっても元三にとってもようございましたよ」

仙右衛門はこちらを気にした。

村崎が栄香と元三の騒ぎの場に立ち会っていたとしたら、元三はひっ捕まえて、美咲楼を訪ね、調べと称してあれこれとほじくり出し、結局なにがしかのお目こぼし料をふんだくっていただろう。まあ、本日の村崎はそれ以上の余得にあずかったようだ。番方に頷き返した幹次郎に、

「七代目はお戻りですぜ。なんとなく神守様と話したい様子ですがな」

「ならば奥に通ろう」

幹次郎は刀を手にすると奥座敷に向かった。

四郎兵衛は煙管を手になにごとか考えていた。その顔には愁《うれ》いがあったが、視線をこちらに向けたとき、いつもの四郎兵衛に戻っていた。

「神守様、留守の間にあれこれとあったようですな」

すでに番方から報告を受け、美咲楼の一件を四郎兵衛は承知しているようだった。

「七代目の許しも得ず勝手なことをしてしまいました」

「いいえ、美咲楼にとっても抱えの栄香にとっても、包丁なんぞを振り回した許婚だった男にとっても、宜しき差配かと思います。私の帰りを待っていたのでは面番所に知られたかもしれませんでな」

四郎兵衛が幹次郎の判断を許容した。

「有難うございます」

「留守の間に、他になんぞございましたかな」

「桜季のことでございますが、姉様の手習い塾に通わせる手筈《てはず》が整いました」

「そちらは神守様の絵図面《えずめん》通りに事が進んでおるようですな」

「七代目、新造ひとりの生き方を左右する大事の絵図面など前もって描く力はございません。吉原の闇である局見世の暮らしを経験させたら、桜季が己の恵まれた境遇に気づくのではなかろうかと、勘のままに動いただけでございます」

「そして、ただ今は振袖新造をどろ水から引き上げ始めたというわけですか」

「三浦屋の四郎左衛門様と女将さんの寛容《かんよう》なお気持ちに縋《すが》って、このようなことを考えました。あとは桜季が本心から変わったかどうか、その一点にかかっておりましょう」

「山屋の夫婦は、大丈夫と太鼓判を押したのではございませんか」

「桜季が吉原に来て初めて知った情愛かもしれません。初音といい、山屋の夫婦といい、よい人に恵まれました」

「それをお膳立てしたのはすべて神守幹次郎様ですよ」

幹次郎は小さく頷くと、

「最後は、桜季が己の力で五丁町に戻るしかございません」

「汀女先生のもとで新たな一歩が待っておりますか」

「はい」

と答えた幹次郎は四郎兵衛を見た。

四

「七代目、なにかお話がございますか」

四郎兵衛が幹次郎を見た。

「いささか長いこと、吉原会所の頭取の座にありましたな」

と自嘲《じちょう》するように四郎兵衛が呟いた。

「なんぞ不都合が生じておりますか」

「神守様の手助けがございますゆえ、かように長く務めを果たしてきたと思うておりますす」

「それがしの勝手な行動が差《さ》し障《さわ》りを生んでおりましたか」

幹次郎の問いに四郎兵衛が間を置いた。すると、最前四郎兵衛の顔に漂っていた愁いが戻ってきた。

「本日、さる屋敷に呼ばれましてな、南北両町奉行のおふた方と内々に会って参りました」

当然江戸町奉行所は、官許の吉原を監督する役所であり、北町奉行初鹿野河内《はじかのかわちの》守信興《かみのぶおき》、南町奉行池田筑後守長恵《いけだちくごのかみながしげ》はそれらの長だ。

「町奉行おふた方が七代目の辞任を要求されましたか」

「そこまではっきりとは申されません。ですが、松平定信様のご改革について、吉原はどう対応しておるかとのお尋ねがございました」

長年権勢《けんせい》を振るってきた田沼意次《たぬまおきつぐ》の失脚を受けて、天明七年（一七八七）六月十九日、陸奥白河《むつしらかわ》藩藩主の松平定信が三十歳の若さで老中に就任した。定信は早速幕閣《ばっかく》の人事刷新《さっしん》に手をつけ、翌年の三月には幼い将軍家斉《いえなり》の補佐方となり、ご改革と呼ばれる政策を次々に断行していた。この寛政の改革の趣旨は、

一に金と身内で固められた士風の改善
二に飢饉《ききん》で荒れ果てた農村部の改善
三に高騰《こうとう》した物価の引き下げ
四に最悪の幕府財政の抜本的見直し

などと城中から世間に伝わってきた。

高騰する米相場を掌握《しょうあく》するためには資金の確保が要るということで、江戸の豪商十人を定信は「勘定所御用達《かんじょうしょごようたし》」に任命した。

幕府に財源がない以上、商人の資金を利用するしか策がないと定信は考えたのだが、思い切った策といえた。さらに定信は、これまで何度か発布された奢侈《しゃし》禁止令を新たに出し、贅沢品を制限した。また出版などの統制に乗り出し、山東京伝などの洒落本の発禁処分をなした。

蔦屋重三郎が身代半減の沙汰を受けたのは、この煽《あお》りを受けてのことだ。いや、定信の狙いは、山東京伝より日の出の勢いの出版元蔦屋重三郎の粛清《しゅくせい》にあったのだろう。

当然、松平定信の緊縮財政を基にしたこの寛政の改革は、消費社会を締めつけるものであった。

吉原を取り仕切る会所の頭取七代目の四郎兵衛が南北両町奉行に本日呼ばれたのは、実質的に吉原にも寛政の改革の締めつけが新たに命じられたとしか考えられなかった。

「七代目に身を退《ひ》けとの命でございましたか」

幹次郎は重ねて問うた。

「まあ、さような言い方とも取れますな。とは申せ、なぜ唐突にそのような話が出てきたのか。吉原会所の頭取の首を挿《す》げ替えるくらいで幕府の財政が改善するとももはや思えませんでな」

江戸で一日千両の稼ぎをなすと言われる場所は、魚河岸《うおがし》、芝居町《しばいまち》、そして吉原と言われた。この三つは徳川幕府の繁栄の象徴のはずであった。

幕府財政の悪化をこのような消費社会の象徴を締めつけることで改善できるのかと、四郎兵衛の愁いの顔は言っていた。

ふたりはしばし沈思していたが、幹次郎が口を開いた。

「四郎兵衛様、引手茶屋の喜多川蔦屋が暖簾を下ろされるそうでございますな」

その言葉に、四郎兵衛が愁いの顔で幹次郎を見た。

「ほう、神守様は承知でしたか」

「それがし、喜多川蔦屋が出版元の蔦屋重三郎の養家とは、迂闊《うかつ》にもつい最前まで存じませんでした」

「蔦屋重三郎さんが五十間道で『吉原細見』を出されたとき、引手茶屋の喜多川蔦屋とは関わりを絶たれました。さらにそのあと、日本橋通油町に進出されていかれましたゆえ、出版元と引手茶屋が関わりあると承知の者は、廓内でも少のうございましょうな。それがなにか」

「出版元の蔦屋重三郎の家財半分没収の沙汰と、こたびの喜多川蔦屋の見世仕舞いは関わりがございましょうか」

「私は喜多川蔦屋さんから、適当な跡継ぎがおらぬゆえ、見世仕舞いをするのだと直に聞いておりましたのでそう考えておりました」

四郎兵衛はそう答えたが、喜多川蔦屋には伝五郎《でんごろう》という当代がいた。

「喜多川蔦屋さんの引手茶屋の株を買った人物を四郎兵衛様はご存じですか」

四郎兵衛の眼光が鋭《するど》くなった。

「喜多川蔦屋の後釜が決まりましたか。それは知りませんでした」

「最前も申しましたが、それがしも本日初めて聞かされました。とは申せ、後釜の人物の名までは存じません」

幹次郎は、五十間道の裏で読売屋と出版元を兼ねた門松屋壱之助から聞かされた話を四郎兵衛にした。

四郎兵衛は沈思した。

「本日、私が南北両町奉行に呼ばれ吉原を留守にした間に、吉原外の茶店で面番所の隠密廻りの面々が饗応を受けた」

「村崎同心どのは、ご機嫌でついそのことを漏らし、壱之助の話を裏づけました」

また四郎兵衛が沈黙した。

長い沈黙だった。

「いよいよ公儀《こうぎ》は、この吉原に手をつけるおつもりでございますかな」

これまで吉原を実質的に取り仕切る吉原会所の乗っ取りを企てた人物は何人もいた。それを七代目四郎兵衛が主導する吉原会所は悉《ことごと》く排してきた。このたび幕府が寛政の改革の一環として吉原改革に乗り出してきたとしたら、それはただ今吉原を仕切る吉原会所の七代目体制の終わりを意味しないか。財政破綻を来《きた》しているとしても、公儀に抗える者などいなかった。

「四郎兵衛様、早々に喜多川蔦屋の後釜を調べてはいかがでございましょう」

幹次郎の言葉に四郎兵衛が頷き、

「未だ引手茶屋喜多川蔦屋は、蔦屋伝五郎さんの名義にございます」

名義が換われば当然、吉原会所に届けがなければならなかった。最前四郎兵衛は適当な跡継ぎがおらぬゆえ、見世仕舞いすると言わなかったか。伝五郎がまだ名義人であるのに早々に店を売ったとしたら、見世仕舞いの原因は違うということとにならないか。

「ご隠居も、当代の蔦屋伝五郎さんも話の分からぬお人ではございませんでな、私が会うてみましょう」

出版元の蔦屋重三郎と引手茶屋喜多川蔦屋の伝五郎は実の兄弟だろうか、と幹次郎に疑問が湧いた。

「それがよかろうと思います」

四郎兵衛は立ち上がりかけたが中腰で動きを止めて、

「神守様も同席なされますかな」

「喜多川蔦屋さんが嫌がられませんか」

「会所には届けはございませんが、すでに引手茶屋の株を手放す約定をなしたとあれば、半ば吉原の者ではなくなったも同然です。神守様の同席を嫌がられるとも思いませんがな」

「ならばお供致します」

四郎兵衛と幹次郎は引手茶屋山口巴屋に移り、

「わしと神守様の履物をこちらに回してくれぬか」

と玉藻に命じた。

玉藻は頷くと自ら動いた。

山口巴屋の裏口から江戸町《えどちょう》一丁目の通りに出たふたりは、揚屋町の蜘蛛道へと入り込んだ。

いつしか夜見世の刻限が迫っており、吉原は夕闇に包まれていた。

揚屋町に出ると木戸門を抜けて仲之町を横切り、引手茶屋喜多川蔦屋の入り口に達していた。

「おや、七代目、お珍しゅうございますね」

と番頭が四郎兵衛に言葉をかけた。

「主さんに野暮用がございましてな、しばらく時をお借りしたい。おられますかな」

「はい、帳場におられると思います。ただ今尋ねて参ります」

と番頭が姿を消し、ふたりは表口で待たされた。

幹次郎は引手茶屋喜多川蔦屋に初めて足を踏み入れた。すでに株を売ることを決めたと聞いたせいか、なんとなく茶屋の内部に活気がないように見受けられた。かなり待たされたあと、ふたりは帳場座敷に通された。するとそこには、当代の喜多川蔦屋の主の蔦屋伝五郎と隠居の彦六《ひころく》の緊張した姿があった。

「ご隠居にお会いできるとは嬉しいかぎりです」

四郎兵衛が会釈《えしゃく》を送ったが、ふたりは黙したまま四郎兵衛を見た。

「伝五郎さん、ご隠居、うちの神守様を同席させてようございますかな」

「七代目、これはなんぞお調べでございますか」

「伝五郎さん、私はただ今こちらと同業の山口巴屋から出かけて参りました」

四郎兵衛は引手茶屋山口巴屋の持ち主として訪れていると言った。

「ということは吉原会所のお調べではない」

「と思うてくだされ」

伝五郎が隠居の彦六を見た。

「わしと七代目は若いころ、いっしょに悪さをした仲だ。なんの話か知らぬが話を聞くくらい差し支えはあるまい」

彦六が伝五郎に応じ、伝五郎が四郎兵衛に視線を移して頷いた。

「その言葉に甘えて直截にお尋ねしたい。この喜多川蔦屋が人手に渡ったという話が耳に入った。伝五郎さん、彦六さん、真ですか」

伝五郎は狼狽《ろうばい》したが、彦六は、
ふうっ

と息を吐き、

「さすがに四郎兵衛さんの早耳じゃな」

と言った。

「伝五郎さん、彦六さん、老舗の引手茶屋喜多川蔦屋の馴染客は筋がよいので吉原では知られていた。それがまたどうして見世仕舞いなさるか、お尋ねしてよろしいか」

四郎兵衛の問いに親子はしばし沈黙した。だが、彦六が、

「四郎兵衛さん、そのことはもうしばらく待ってくれないか。会所にも届けてないが、奉公人にも未だ見世仕舞いを伝えてないのですよ」

そうか、奉公人も知らぬ話かと、最前の番頭の態度に幹次郎は得心した。

「奉公人は新しい主のもとで働くことはできませんかな」

「うちの茶屋を譲る条件のひとつに奉公人はこのまま働かせてほしいと願ってある、七代目」

彦六の言葉に頷いた四郎兵衛は、

「ならば早い機会に奉公人方に話をなさることだ。そのあと、伝五郎さん、ご隠居、会所に届けを願います」

と言い添え、辞去の仕草をした。すると彦六が尋ねた。

「七代目、この話、だれから聞きなさった」

「同席しておる神守様が仕入れてきた話でございましてな」

彦六の目が幹次郎に向けられた。

「ご隠居、相すまぬ。だれから聞いたか名は出せんのだ。それがしがこのことを伝えたのは、ここにおられる七代目だけです」

「だれからと言えぬ話を確かめに来られたか」

彦六が幹次郎を睨み据えた。

「ご隠居、本日、南北両町奉行お揃いの場にこの私め、呼び出されましてな」

四郎兵衛が座り直して話柄を変えた。

「ひらたく言えば七代目を退かぬかという話であったと思います」

「なんと」

彦六が驚きの顔をした。

「また一方、外茶屋で面番所の同心方がどなたかの饗応を受けられたそうな。同心など金を摑まされて、吉原が大きく変わるというような言葉を酔った勢いで漏らしたとか。といって、神守様にこちらのことを漏らしたのは別の御仁です」

四郎兵衛の言葉のあと、座を重い沈黙が支配した。

長い沈黙であった。

口を開いたのは彦六だった。

「長いことこの吉原で商いをしてきたのだ。この歳になって吉原を追い出されるとは思いもしなかった」

と正直な気持ちを告白した。

「彦六さん、この吉原は変わらざるを得ないと思われるか」

「四郎兵衛さん、吉原を仕切る会所にはここにおられる神守様が来て、新しい風が吹き込み、わしはそのことを喜んでおった。吉原そのものに大きな差し支えはないと思われるがのう」

「ではなぜ、喜多川蔦屋さんが商いを辞めざるを得ず、私が身を退けとお奉行様方に言われねばならぬのか。それほど大きな力が外からかかっておるのですかな」

彦六がこくりと頷いた。

「今年の五月には彦六さんの養子の蔦屋重三郎さんが家財を半分没収される身代半減の沙汰を受けられた。日本橋通油町に進出して盛業を続けておられる、その蔦屋が狙われた。こたびの喜多川蔦屋さんの見世仕舞いと関わりがございますかな」

彦六の肩が落ち、ひと回り小さくなったように思えた。

「四郎兵衛さん、わしらがこの引手茶屋を手放さなければ重三郎の家財はすべて没収、江戸払いの沙汰が下ったはずだ」

彦六はだれぞに脅迫されて引手茶屋喜多川蔦屋を手放すことになったと言っていた。

「なんとな。私が本日南北両町奉行に呼ばれたこととつながっているとは思いませんか。されど初鹿野北町奉行様も池田南町奉行様もどことなく奥歯にものが挟まったような言い方にも思われた。ということは町奉行以上の大きな力が動いているということですかな」

「七代目、わしら親子がどう足搔《あが》こうとなんともならなかった」

その場にいる四人の頭に、寛政の改革を主導する老中松平定信の名が浮かんでいた。

老中松平定信は官許の吉原を潰そうとしているのか、あるいはただ今の吉原を主導する吉原会所を廃止して町奉行所の監督下に実権を取り戻そうとしているのか。それとも、なにか改革を念頭に置いておるのか、と幹次郎はあれこれと思いを巡らした。

「彦六さん、この世には光もあれば闇もある。また善行を積む人が悪に手を染めることもあろう。紙の裏表のようなものが人であり、この世の中と思うておる。吉原が決して褒められた場所ではないのは、この四郎兵衛とて承知だ。だが、人の本性が吉原を求めてきたのだ」

「七代目、改革を行われるお方のこたびの一連の動きは、吉原を潰したり、芝居町に手をつけるためではあるまい。そなたが長年頭取を務めてきた吉原会所を乗っ取り、そなたに何者かがとって代わろうというのではなかろうか。わしら親子はそのために犠牲を強いられたのかもしれん」

彦六が言い切った。

「この私を煙たがる御仁の仕業《しわざ》と申されるか。そして、その背後に幕閣のどなたかが控えておられると」

「七代目、老中の名を後ろ盾にしておられる人物を突き止めることだ。わしらからはこれ以上のことは言えぬ」

と彦六が言った。

「彦六さん、伝五郎さん、喜多川蔦屋が追い込まれる前に相談してほしかった」

「七代目、会所にさような力があると言われるか」

「彦六さん、この吉原は田沼様親子の力に抗《こう》して生き抜いてきたことをお忘れか」

「田沼様親子とこたびの改革は正反対ではないか。田沼様の政策は吉原にとって有難いこともあった。だが、こたびの寛政の改革は、奢侈はすべてダメと申しておられる。吉原などはいちばんに狙われても不思議はあるまい。重三郎が山東京伝と出した洒落本を差し止めたのは、吉原会所を公儀の下に置くための布石のひとつに過ぎんのではないか」

「彦六さん、そなた方の商いを買い取られた人はさようなことまで口にされたか」

「まあ、それに近いことをわしらに言われたな」

と言った彦六が、

「七代目、もはや手遅れじゃぞ」

と諦めとも弱音ともつかぬ言葉を吐いた。

四郎兵衛が頷き、辞去のために立ち上がった。

幹次郎も見倣った。

四郎兵衛が、

「彦六さん、伝五郎さん、私どもがなにか手助けすることがあれば、文でもよい使いでもよい。密かに玉藻のところに連絡《つなぎ》をつけてくれぬか。私どもがやれることをしてみたい、約定する」

四郎兵衛の言葉にがくがくと彦六が頷いた。

四郎兵衛と幹次郎は履物を台所に回してもらい、裏口から引手茶屋喜多川蔦屋を出ると蜘蛛道を抜けて江戸町二丁目に出た。

「すこし歩きませぬか」

と四郎兵衛が幹次郎に言った。

四郎兵衛は明石《あかし》稲荷に出ると羅生門《らしょうもん》河岸へと足を向け、局見世が並ぶ路地を歩いていった。

羅生門河岸の女郎たちがふたりに声をかけようとして、四郎兵衛に気づき、はっ
とした。

吉原会所の七代目頭取が羅生門河岸に足を踏み入れることなどまずない。局見

世の女郎が、

（なにが起こったか）

という表情で無言のふたりを見送った。

第三章　木枯らしの夜

一

四郎兵衛と幹次郎は九郎助《くろすけ》稲荷から水道尻に抜けて開運稲荷を目指した。どこからともなく、銀杏《いちょう》の落ち葉がひらひらと吉原の中に舞い落ちていた。

ふたりして沈黙したまま、思案を巡らしていた。

開運稲荷で足を止めた四郎兵衛が賽銭を投げ入れて柏手《かしわで》を打った。

幹次郎はただ社に黙礼した。

振り返った四郎兵衛が幹次郎に言った。

「最前申し上げませんでしたがな、私が本日会った南北両町奉行様の態度には微妙に違いがございました。南町より北町奉行の初鹿野様のほうが吉原会所に、いや、私に対して険《けわ》しい言辞をくだされた」

四郎兵衛が初めてのことを告げた。

「北町奉行どのが、こたびのことに関わりがございますか」

「さてそのへんが」

と言葉をいったん呑み込んだ四郎兵衛が続けた。

「と申しますのも、町奉行職は直参旗本《じきさんはたもと》でございましょう、首の挿げ替えが利く役職です。こたびのことはもう少し上の方が黒幕でございましょうな。松平定信様の気持ちを斟酌《しんしゃく》して動く人物はだれか」

幹次郎はしばし考えた。

「分かりました」

「しばらく休養なさいまし」

その命に幹次郎は頷くと、西河岸を榎本《えのもと》稲荷のほうへと、四郎兵衛を案内するように歩いた。

西河岸のどぶ板通りに寒さといっしょに強烈な臭気《しゅうき》が漂って銀杏の落ち葉が散っていた。

四郎兵衛は平然と幹次郎に従っていた。

吉原の吹き溜まり、局見世の女郎が幹次郎に気づき、

「会所のお侍さん、見廻りかね」

とか、

「今日は一段と寒くなったよ」

とか声をかけてくるのに幹次郎は挨拶を返した。そして、その背後に従う人物がだれか気づいた女郎らは、はっと驚いたり、息を呑み込んだりした。だが、その人物に声をかける者はいなかった。

女郎たちは、ただ黙って四郎兵衛を見送ったが、四郎兵衛は女郎たちに会釈を送った。

幹次郎が足を止めたのは初音の局見世の前だ。

「神守様、今宵はひとりで見廻りかえ、澄乃さんはどうしたね」

と声をかけた初音が後ろに従う人物を見て、なにか言いかけて言葉を呑み込んだ。

「初音さんや、桜季のことでは迷惑をかけておりますな。もうしばらく辛抱してくだされよ」

「は、はい」

「私とて、この神守様の行いには驚かされてばかりでしてな」

四郎兵衛が声もなく笑い、初音がようやく、

「頭取、わたしだって最初はぶっ魂消《たまげ》ましたよ」

と答えた。

「このお人の行動にはなにかしら企てが隠されてございます。己のためより女郎さんのためになることを考えておられる。ひいてはそれが楼のためや吉原のためになることと思うておられる」

「頭取、わたしも近ごろようやく神守様の考えることに気づかされましたのさ」

と初音が応じ、四郎兵衛がうんうんと頷き、ふたたびふたりは歩き出した。

蜘蛛道に入ったふたりは天女池に出た。

常夜灯の灯りで、池の水に細波《さざなみ》が立っているのが見えた。

「いよいよ木枯らしが吹く冬が到来しました」

「吉原にとって客寄せが難しい時節でございます」

その言葉に頷いた四郎兵衛に幹次郎は尋ねてみた。

「山屋に立ち寄りますか」

「桜季が働いておりましょう。桜季のいない折りに山屋夫婦には礼に参ります」

「ならば山口巴屋の裏口に案内します」

と幹次郎が先に立ち、天女池から蜘蛛道に戻った。

「それがしはこれで」

引手茶屋の山口巴屋の裏戸の前に四郎兵衛を連れ戻った幹次郎は、手にしていた塗笠を被り、大門の前へと出た。

「おや、神守様、独《ひと》りで見廻りしていなさったか」

小頭の長吉が幹次郎に気づいて声をかけた。

「ちと思いついたことがあってな、外に出てくる。番方にはそう伝えてくれぬか」

と言い残した幹次郎は、夜見世に駕籠《かご》で乗りつけた客や、徒歩《かち》で五十間道を歩いてきた遊客らで込み合う大門前を衣紋坂へと向かった。

その途次《とじ》、門松屋壱之助に会《お》うてみるかと考えたが、壱之助が幹次郎にただ今話すことはあるまい。話したいことがあれば、先刻に話していようと思い直し、浅草田圃に向かう深編笠がぶら下がった茶店の間の路地へと入った。

うすずみ庵と柘榴の家を結ぶように立つ柘榴の木に、落ち残った真っ赤な実が、月明かりにひとつ浮かんでいた。

浅草田圃から木枯らしが柘榴の家へと吹きつけていた。

母屋の台所で、加門麻とおあきが夕餉の仕度をしていた。

寒さが増したというので、かす汁仕立ての鍋を作ろうとふたりは相談して、具材を切り揃えていた。その傍らに黒介がへばりついていた。

「黒介、おまえはもう餌を食べたでしょう」

おあきに言われた黒介が麻にすり寄っていった。

「まだ柘榴の家の主方は戻る刻限ではありませんよ。ほれ、囲炉裏端で寝ていなされ」

と麻に命じられた黒介が、致し方なく囲炉裏端に敷かれた自分の敷物の上に丸くなった。

囲炉裏の薪《まき》がちろちろと燃えていた。

「私、囲炉裏の温もりをこの家に来て初めて知りました」

麻がおあきに言った。

「あら、吉原には囲炉裏はないのですか」

「おあきは大門を潜ったことはないのですね」

「ありません」

おあきが首を横に振った。

「おあきは幸せな親御様のもとで育ったのですね。廓では客を迎える座敷に火鉢があるだけです。囲炉裏などありません」おあきのうちには囲炉裏があったの」

「山谷堀《さんやぼり》の北側の百姓家の納屋を爺ちゃんの代から借りて住んでいるのです。「大家さんに断わって、台所の板の間に囲炉裏を設《しつら》えたのは大工のお父つぁんです。甚吉《じんきち》さんがうちのことを承知していて、うちのお父つぁんが仕事を頂戴したんです。この柘榴の家に囲炉裏を造ったらどうかと言い出したのは甚吉さんで、甚吉さんが家の囲炉裏は上等な普請です。うちのは普請場からもらってきた古材で拵《こしら》えた囲炉裏です」

おあきの言葉に頷いた麻が言った。

「火がこうしてある暮らしから、もはや私は離れることはできません」

しみじみとした声音だった。

生まれ育った拝領《はいりよう》屋敷にも吉原にも、火がある暮らしなどなかった。その代わり、堅苦しい作法や季節ごとにある仕来《しき》たりばかりが遊女たちをがんじがらめに縛りつけていた。吉原にいたときはそのような考えも浮かばなかったが、柘榴の家へと移り、吉原の正体が麻には見えてきた。

「あのう、お尋ねしていいですか」

「吉原の暮らしですか」

「は、はい」

しばし麻が笑みを浮かべた顔で思い出すそぶりをしていたが、

「廓は、苦界とか地獄十年の里とか申されるお方もおられます。私は格別地獄などと考えたことはありません。とくにあることがあってからは」

おあきには、そのあることが思いつかなかった。そして、伊勢亀の亡くなった先代に落籍されたことかと勝手に想像した。

だが、麻のあることとはそれとは別の一件だった。

吉原の大火の折り、死を覚悟した薄墨の座敷まで焔《ほのお》を掻《か》い潜《くぐ》って飛び込んできた神守幹次郎が、命を張って薄墨を助け出した出来事だった。ごうごうと天井や梁《はり》が燃える焰と恐怖の音も、幹次郎の広い背中におぶわれたときの安堵感《あんどかん》と温もりも、未だ麻の五体に鮮明に残っていた。柘榴の家にいっしょに住まいするのも「さだめ」だと思っていた。むろん先代の伊勢亀の粋な遺言《ゆいごん》があってのことだ。

その先代の死後、代理として動いたのは幹次郎であった。

「柘榴の家の囲炉裏端で、こうしておあきさんや黒介といっしょに幹どのや姉上の帰りを待つ刻限が積み重なるたびに、廓のことは少しずつ忘れていきます。いまがいちばん幸せですよ」

「こんな暮らしがあるなんて」

おあきが麻の言葉に同意するように言った。

「梅雨どきなど、お父つぁんの仕事がなくて食べるものがないこともしばしばありました。この家に奉公に出て部屋を頂戴したときは、なんて私は贅沢なんだと思いました。寝床に入るたびに、いい家に奉公させてもらったと思いながら眠りに落ちます」

「きっと幹どのと姉上の優しさがこの家にはあふれているからですよ。離れ家のうすずみ庵から朝、戸を開いて浅草田圃越しに吉原の高い塀と妓楼の二階家を見るとき、あの廓の中に私がいただなんて、夢でも見ているような気持ちになります」

ふたりの女が柘榴の家で語らっているとき、幹次郎は刈り入れを終えた浅草田圃の間の道を歩いていた。

筑波おろしが木枯らしになって田圃の上を吹き抜けていく。そのせいか浅草田圃を抜けて吉原に向かう客の姿はなかった。

幹次郎と汀女が吉原会所に世話になって、どれほどの歳月が過ぎたのだろうか。長い歳月のようにも一瞬の間であったようにも思えた。

一日千両の吉原を狙う輩が次から次へと現われてきた。同じ一日千両を稼ぐという芝居町や魚河岸にはこのような企てをなす輩はおるまいと、幹次郎は考えた。

吉原は格別な場所なのだろう。

京間でわずか東西百八十間《けん》、南北百三十五間、総坪数二万七百六十余坪の土地を幅五間（約九メートル）の鉄漿溝《おはぐろどぶ》に囲まれた廓には、いろいろな欲望が渦巻き、廓の華である遊女の衣装や化粧や小物は世間の女たちが競って真似をした。そんな廓に三千もの遊女がいて、そして、その遊女を支える住人たちが万余も暮らしている。

なぜか、かような遊里に手を伸ばす輩が次々と現われるのだ。

遊女たちにとって苦界でもあり、世間の女たちにとっては憧憬《しょうけい》の地でもある吉原を守ることに幹次郎は命を張ってきた。

こたびの一件も、廓に暮らす人々や身内のためになんとしても阻止《そし》する覚悟をしていた。

幹次郎は浅草田圃の奥にほのかな灯りを見た。加門麻とおあきが留守居を務める柘榴の家の灯りだった。

あの灯りを守るために生き抜かねばなるまいと、幹次郎は決意を固めながら、浅草田圃、出羽《でわ》本荘《ほんじよう》藩の六郷《ろくごう》家の下《しも》屋敷から寺町、浅草寺の随身門に向かってひたすら歩いていった。

不意に幹次郎を見る「眼」を感じた。

豊後岡《ぶんごおか》藩を脱藩して以来、幾たびとなく感じてきた危険が伴った眼だ。

だが、幹次郎の歩みは変わることがなかった。

随身門が見えてきた。

この夜、幹次郎の腰には津田近江守助直が差し落とされていた。

幹次郎は歩みを変えることなく浅草寺の境内に入った。本堂には向かわず、桑平市松と落ち合う老女弁財天の池の端にある茶店のほうに曲がった。むろん茶店はすでに店仕舞いしていた。

監視の眼がぐっと幹次郎に接近してきた。

幹次郎は鯉口《こいぐち》を切った。

監視の眼が歩みを止めたように思えた。

幹次郎は池の端に立ち止まり、待った。

長い緊迫の時が過ぎていく。いつの間にか監視の眼の気配が消えているように思えた。それでも待った。

提灯の灯りが近づいてきた。御用提灯だ。

幹次郎の姿を認めたか、御用提灯の面々が緊張した。

灯りが幹次郎に向けられた。

「何者か」

若い同心と思える声が誰何《すいか》した。

幹次郎が体の向きを変え、塗笠の縁に手を掛けて顔を見せた。

「神守どの」

と名が呼ばれた。

幹次郎がよく知る桑平市松の声だった。

「どうかなされたか、かように遅い刻限に見廻りかな、桑平どの」

「それはこちらが質したい言葉ですぞ」

桑平の言葉は険しかった。

幹次郎は正直に伝えようと思い、寺町に入った辺りから感じた「監視の眼」を誘《おび》き寄せようとこの池の端に立ったことを告げた。

「神守どの、どこから参られたな」

「吉原会所を出て浅草田圃から随身門に入り、こちらにその者を誘い込んだところで気配が消えた。おそらくそなた方の御用提灯の灯りを見て姿を消したのであろう」

「吉原を出たのはいつの刻限でござるか」

「吉原からここまで四半刻もかかるまい。それがし、早足ゆえな。その直前まで四郎兵衛様といっしょであった。なんぞ御不審がござるか」

「いや、そなたの申されることを信じよう」

桑平市松が若い同心の手前、険しい問いをしたことを婉曲《えんきょく》に幹次郎に詫びた。

「桑平どの、この界隈でなんぞござったか」

こんどは幹次郎が尋ねた。

「伝法院《でんぼういん》裏で辻斬《つじぎ》りがあってな。勤番者と思われる武士が、たったひと太刀《たち》で肩口から胸にかけて斬り下げられ、殺されたのだ」

「いつのことだな」

「半刻《はんとき》（一時間）以上も前のことだ」

「それがしに問い質されたのは、辻斬りと疑われてのことか」

幹次郎の反問に桑平はなにも答えない。

下げ緒《さお》を解いた幹次郎は鞘ごと津田近江守助直を桑平に差し出した。

「つい最近研ぎから戻った刀です。とくとお調べくだされ」

「調べさせてもらう」

助直を受け取った桑平が小者《こもの》の提灯の灯りのもとで鞘を払い、若い同心を呼んで、刃を切っ先から物打ち、鎺《はばき》まで仔細に調べた。若い同心が大きく頷き、

「桑平様の知り合いは凄い刀をお持ちですな」

と感心した。

「米田《よねだ》、吉原会所の神守幹次郎どのを知らぬのか」

「ああ、凄腕の裏同心、噂で承知しています」

「どのような噂か知らぬが、そのお方だ」

と応じた桑平が、

「見習い同心の米田藤八《とうはち》です」

と幹次郎に紹介した。

提灯の灯りで見る米田の顔はまだ十八、九歳と思えるほど若かった。どうやら幹次郎にかけられた疑いは晴れたようだ。

「すまなかった」

桑平は改めて詫びの言葉を口にすると、幹次郎に津田助直を返した。そして、

「神守どの、そなたを見張っていたという者に心当たりがござるか」

と質した。

「いや、直ぐに浮かぶ者はござらぬ。じゃが、それがしの務め、恨みを買うこともござればなんとも言えぬ」

「かような刻限、どこへ参られようとしたのだな」

「四郎兵衛様の命あって、並木町の料理茶屋に参るところだ」

幹次郎は身代わりの左吉に会おうと馬喰町の煮売り酒場に行こうとしていたことを伏せてこう答えていた。

頷いた桑平が見習い同心の米田藤八らに、

「そなたら、奥山辺りまで見廻りを続けてみよ。神守どのがここまで誘き寄せたという者が辻斬りとは言い切れぬが、そやつも吉原会所の裏同心どのを警戒させるほどの凄腕だ。怪しげな者がいたら手出しを致すな。いいか、呼子《よびこ》を吹け、わ

しが駆けつけるでな」

とその場に残ることを告げた。

南町の面々が見廻りへと向かい、夜の茶店に桑平同心と幹次郎が残った。

「神守どの、そなたを見張っていた者に心当たりがあるのではござらぬか」

「ないこともない。このところ町奉行所が吉原会所に向ける眼差しがいささか険しゅうなってな、なにかが起ころうとしている」

「さようなことはこれまで再三再四《さいさんさいし》あったであろう」

あった、と答えた幹次郎は、本日、南北両町奉行に四郎兵衛が呼ばれて、遠回しながら吉原会所の七代目頭取を辞するよう仄《ほの》めかされたことを告げた。

「ふーん、さようなことがあったか。老中松平定信様が強行されておるご改革の一環とでも町奉行は言われたのではないか」

定町廻り同心だけに、奢侈禁止令を出して幕府の財政を改革しようという政策が巷《ちまた》の商いにどう影響しているか、桑平は毎日見聞きしていた。ために寛政の改革が未だ効果を上げていないばかりか、景気の悪い原因と見抜いていた。

「それがし、そなたにも近々会おうと思うておった」

「下《した》っ端《ぱ》の一定町廻り同心では、この話、なんの力にもなるまい」

「なるかならぬか。わが身もかかっておる」

桑平が頷き、

「明朝、聖天横町の朝湯で会わぬか」

「それでよい」

と約定したふたりは、老女弁財天の茶店で左右に分かれた。

二

幹次郎は予定を変えた。

馬喰町の虎次の煮売り酒場に身代わりの左吉を訪ねようと思っていた。だが、明朝、桑平と話すことができれば、身代わりの左吉の一件のその後の調べが伝えられよう。ならば左吉に会うのはそれからでも遅くないと思った。それに最前感じた「監視の眼」のこともあった。

浅草並木町の料理茶屋山口巴屋を訪ね、汀女を迎えに行こうと考えたのだ。

幹次郎が山口巴屋に着いたとき、もはや料理茶屋は商いを終えて、片づけをしている気配だった。

茶屋の前を流れる疏水《そすい》に架かる石橋を渡ると、散り残った紅葉《もみじ》の枝が流れに差しかかり、足田《あしだ》甚吉が飛び石の掃《は》き掃除をしていた。寒さを残して、最前まで吹いていた木枯らしはやんでいた。

「おや、幹やんか。珍しいな、かような刻限に顔を見せるのは」

と甚吉が笑顔を見せた。

「七代目の御用でこの界隈に来たでな、ふと思いついてこちらに参った」

「姉様といっしょに帰る気か」

「まあ、そんなところだ。姉様は未だ仕事が終わりそうにないか」

「いや、近ごろは客の引き揚げが早くてな。姉様も帳場で売り上げの帳付けをしていよう。さほどかからずに引き揚げることができるぞ」

と甚吉が言った。

幹次郎と汀女の夫婦と足田甚吉は、豊後岡藩の下士《かし》ばかりが住む長屋でともに生まれ育った間柄だ。縁あって幹次郎と汀女が吉原会所に拾われたあと、藩を辞した甚吉も、五十間道の外茶屋相模屋《さがみや》の男衆として働き始め、相模屋が潰れたあと、幹次郎の口利きで料理茶屋山口巴屋の男衆に奉公替えしていた。

「客の入りはどうだ」

「ダメだダメだ。ご改革かなんか知らないが、贅沢していると直ぐに町奉行所に目をつけられる。それを恐れて客の数も少ないし、茶屋に上がった客も長居はせずにさっさと帰る。今日は寺町の坊主どもが客だった。さっさと席を立ったで、金はあまり使《つこ》うておるまい。そんなわけで、姉様は仕入れなどに苦労をしているようじゃ」

と甚吉が答えた。

「やはりかように、料理茶屋まで町奉行所の手が回っておるか」

「世の中、銭が回って暮らしが立つのは道理ではないか、さような理屈、わしでも承知じゃぞ。それをお城のお偉い様はなぜ分からぬ。節約もいいが、商いが潤ってこそお上《かみ》の実入りも増えるというもんじゃ。幹やんはどう思う」

料理茶屋の男衆の甚吉が言い切った。

「いかにもさよう」

「廓はどうだ」

と甚吉が反対に幹次郎に訊き返した。

「茶屋に町奉行所の目が光っておるのだ。当然官許の遊里にあれこれと注文がつかぬはずもあるまい」

「やはりあちらもそうか」

甚吉が応じたところに、戸口に汀女が立った。

「やはり幹どのでしたか」

と幹次郎に声をかけた汀女が、

「甚吉さん、そなたの地声は年々大きくなってきます。夜とはいえ、大きな声でお上のことに触れるのはやめてくだされ」

と注意した。

「なに、わしの地声は大きいか。近ごろ耳が遠くなってな、つい声まで大きくなった」

甚吉が言い訳し、汀女が、

「幹どのが迎えに来られたところで仕事は終わりにしましょうか」

「しめた。ならば幹やんと姉様といっしょに戻ろうか」

と手にしていた箒を茶屋の後ろの小屋へ仕舞いに行った。

「幹どの、しばらく待ってくださいな。直ぐに帰り仕度をしてきます」

ふたりの姿がいったん消えて、幹次郎は疏水に架かる石橋に立って外を眺めた。

そんな気で見るせいか、浅草寺界隈に人影は少なく活気がないように見受けられた。

早咲きの白い寒椿《かんつばき》が生垣《いけがき》に一輪浮かんでいた。

「待たせたな」

と甚吉がふたたび姿を見せ、

「甚吉、女房どのも子も変わりないか」

と幹次郎が訊いた。

「幹やんのところと違い、餓鬼《がき》ばかりが増えて長屋に戻っても落ち着かぬわ。柘榴の家のような大人ばかりの暮らしがうらやましいぞ」

「子供の声で賑やかなのはなによりのことだ」

幹次郎が応じたところに汀女が戻ってきた。

「こうやって三人が揃うと、岡藩の下士長屋を思い出すな」

「甚吉、遠くに過ぎ去りし日々じゃぞ。それがしはもはや思い出すことはない」

「食うものもまともにのうて、山に入って筍《たけのこ》掘りやら山菜採《さんさいと》りばかりしておったな」

「ときに仕掛けに野兎《のうさぎ》なんぞがかかると大馳走であった」

甚吉の思い出話に付き合って幹次郎も応じた。

「おお、幹やんは稲葉川《いなばがわ》の魚釣りも仕掛けも、なかなかの腕前であったな」

「そうであったかのう。先行きの見えない日々であったことはたしかだ」

「それで幹やんは人妻だった姉様の手を引いて国を出たな。たしかに遠い昔の話だ」

ああ、と幹次郎は答えたが、汀女は無言を通した。

人の往来の少ない広小路を横切り、雷《かみなり》御門《ごもん》を潜った。

その瞬間、幹次郎は最前と同じ、ぞくりとした悪寒《おかん》を感じた。

「だれぞが浅草寺の境内で辻斬りに遭ったと聞いたぞ」

甚吉もなんぞ感じたか、辺りをきょろきょろと見回した。

「甚吉、辻斬りを誘うような真似はよせ」

「なに、本気で案じておるのか。幹やんは吉原の用心棒ではないか」

「用心棒などと申すな。それがしとて、好きでやっておるわけではないのだからな」

「なに、好きではないのか。わしは幹やんは天職に巡り合ったと思っていたがな。りっぱな家はある、ついでにきれいな女子衆がふたりもおる」

「おや、甚吉さん、ふたりのうちにこの汀女も入っておりますか」

「むろん姉様は一番手じゃぞ」

「それは有難うございます」

仁王門《におうもん》を抜けて本堂前に出た。

辻斬りがあったせいか、本堂前に人影はなかった。

ぴゅっ、とふたたび冷たい風が吹き抜けて、甚吉が首を竦《すく》ませた。

「甚吉、姉様に従っておれ」

「従っておれだと。こうして三人で本堂にお参りしていくのではないのか」

「どなたか、われらに、いや、それがしに用事があるようじゃ」

常夜灯のかすかな灯りに本堂の陰から姿を見せた者がいた。

破《や》れ笠を被った面体《めんてい》を手拭いで隠していた。筒袖《つつそで》の着流し姿で、腰には黒塗りの刀を差していた。背丈は五尺七寸（約百七十三センチ）余か、痩身《そうしん》のせいでさらに背丈が高く見えた。

「ま、まさか、つ、辻斬りか、幹やん」

「分からぬ」

男は静かに歩を進めて幹次郎らの四間（約七・三メートル）ほど手前で足を止めた。

「なんぞ御用かな」

幹次郎が尋ねた。だが、相手からはなんの返答もなかった。

「姉様、甚吉、下がっておれ」

ふたりが幹次郎の後ろへと回った。

幹次郎は相手の動きから目を離さなかった。

この夜、幹次郎は塗笠を被って袴をつけず、羽織を着た形だった。一見すれば、武家奉公ながら遊び人の次男坊三男坊に見えたかもしれない。

「それがしはこの界隈に住む者でな、そなたとは面識がない。なんぞ用か」

相手が刀の鍔元《つばもと》に左手を置いて、鯉口を切った。

「ほう、そなたか、伝法院裏で辻斬りを働いたというのは」

幹次郎の問いには答えない。

無言の挙動は、修羅場剣法《しゅらばけんぽう》の経験が豊かだと幹次郎に教えていた。

「そなたと刀を抜き合わせる謂《いわ》れはない。それにじゃ、最前もこの境内で町奉行所の面々にそれがしの刀を検《あらた》められた。それがしが辻斬りをしたと疑われてのことだ」

「…………」

腰を沈めるようにして間合を詰めてきた。

「幹やん、こ、こやつ、辻斬りか」

甚吉の胴間声《どうまごえ》が境内に響いた。

だが、相手も幹次郎もなにも答えない。たがいに対戦者の動きを凝視《ぎょうし》していた。

間合が二間（約三・六メートル）に縮まった。

幹次郎は初めて津田助直の鯉口を切った。

相手は抜き打ちを意図しているように思えた。ならば幹次郎も、加賀《かが》の城下外れで出会った眼志流《がんしりゅう》居合《いあい》の道場主から習った居合術で対応しようと決心した。

幹次郎は珍しくも立て膝をついて相手を見た。このためにこれまで幹次郎の顔をわずかに見上げていた相手が一瞬戸惑いを見せて、低くなった幹次郎の顔に視線を移した。

「参られよ」

幹次郎の誘いに相手は間を空けて応じる気配を見せなかった。だが、それは幹次郎の思いがけない構えに対する、

「対応策」

だと幹次郎はみた。不動の姿勢も駆け引きのひとつだ。

無言の間合が続いた。

ごくり
と甚吉が唾《つば》を呑み込む音がした。

その瞬間、幹次郎が立て膝から立ち上がりながら、踏み込みざまに津田助直を抜いた。すると相手が幹次郎の動きを見定めて、突っ込んでくる幹次郎の胴を薙《な》ごうと抜き打った。

だが、その動きは途中で止まった。

随身門から御用提灯の灯りが戦うふたりに向けられ、

「なにをしておる」

「辻斬りか」

の声が飛び交った。

相手は抜きかけた剣を鞘に戻すと踵を返して本堂の陰へと足音もなく姿を消した。

「奴を追え」

その声は見習い同心米田藤八のものだった。

御用聞きと小者たちが逃げた相手を追っていった。だが、幹次郎は捕まえるどころか相手の姿さえ見ることはできまいと思った。

幹次郎は先手を取って抜いた助直を鞘にゆっくりと戻した。

ふうっ
と甚吉が息を吐いた。

随身門のほうから桑平市松が姿を見せた。

「桑平どの、あやつの出るのを張り込んでおられたな」

「一度あることは二度起こるでな」

と幹次郎に声をかけた桑平が、汀女に視線を向けて会釈をした。

「そなたら、それがしに降りかかった難儀を、随身門の背後からすべて見ておられたか」

詰問《きつもん》する幹次郎に桑平が、

「そなたならそうそうあの者の居合を食らうとは思わんでな。ともかく様子をみておった」

桑平市松が平然とした口調で言った。そして、

「どうだ、相手の腕前は」

「桑平どのらが姿を見せるのが遅かったら、一撃もらっておったかもしれぬ」

「とは思えぬが、伝法院の辻斬りはただ今の相手と同一人物かのう。辻斬りの一撃を見たが、なんとも凄《すさ》まじい斬り口であったぞ」

「桑平どの、それがし、その傷口を見ておらぬ。ゆえになんとも答えようがない」

どどどっ、と足音が響いて刺客を追いかけていった見習い同心の米田藤八らが戻ってきた。

「影もかたちもありません。あやつ、どこへ溶け込んだのでしょうか」

と米田が桑平に報告した。

桑平が幹次郎を見た。

「どう思われる」

「浪人の姿をしておるが、本性は違うのではないか」

「どういうことだ」

「剣術家ならば、流儀が違えど、構えとか間が分かる。あの者からはそのような剣術のかたちが感じられなかった」

「それで、そなた、立て膝をつかれたか」

「桑平どの、あれはな、加賀に伝わる眼志流居合の構えのひとつだ。江戸では知られておらぬでな、あのような構えをしてみせた」

「ということは、相手の正体を承知されておったか」

「いや、あの場で咄嗟に考えたことだ」

「何者と思う」

「桑平どのらも、それがしの前に立ったあの者のすべての動きを承知であろう」

「われらは随身門の陰から見ていたのだ。間近で立ち合った者の感じ方とは違おう」

「それがしも混乱しておる。ひと晩考えさせてもらおうか」

ふたりだけに通じるやり取りだ。明日、聖天横町の湯屋で会うことになっていた。

頷いた桑平が、

「吉原会所の裏同心どのを脅《おびや》かすあやつが辻斬りだとしたら、厄介極まるぞ。なにか対応の手立てはないか」

「最前米田どのに告げられたことがいちばんです。ひとりでは決して相手にしてはならぬ。呼子でもなんでも吹き、鉦《かね》を鳴らして人を呼ぶことです。それしか手はない」

しばし沈思していた桑平が、相分かったと答えた。

幹次郎は汀女と甚吉を誘い、浅草寺の本堂の階《きざはし》を上って合掌した。

柘榴の家に甚吉が付いてきた。加門麻が甚吉を見て、

「どなた？」

という表情を見せた。

「麻、そなたは初めてか」

「わしはようこのお方を承知しておる」

と甚吉が幹次郎に言った。

甚吉は、随身門を出ると幹次郎と汀女のふたりに、

「おい、幹やん、姉様、わしをどこでもよい。家に泊めてくれぬか。あのような場に接してひとりで長屋に戻る気がせぬ」

と懇願《こんがん》した。

「女房はそなたが戻らぬと案じぬか」

「餓鬼の世話で疲れるのか、油代を節約しておるのか、わしが帰ったときには真

っ暗で寝ておるわ。わしが戻らんでも心配などする女子ではない」

と聞かされ、幹次郎と汀女は甚吉を泊めることにした。

「麻、この者、豊後岡藩の小者でな、われらといっしょの下士長屋で育った仲だ。ただ今は料理茶屋山口巴屋の男衆として働いておる」

「どこかで見たお顔とは思うておりました」

おあきが慌てて三人前の膳を四人前へと手直ししようとした。

その間に幹次郎は酒の燗《かん》をつけた。だが、甚吉は燗がつくのを待ち切れぬのか、茶碗に酒を入れて、くいっ、と呑んだ。

「なんぞございましたか」

麻の問いに、幹次郎は浅草寺で起こったことを説明した。

しばし沈黙していた麻が、

「幹どのの周りにはつねに嵐が吹き荒れております」

と漏らした。そして、

「相手は幹どのが手を焼くほど強いのですか」

「分からぬ。形は浪人剣客《けんかく》といった風だが正体が知れぬ。甚吉を怖がらせたものも、あやつの得体の知れぬ影であろう」

幹次郎がちろりで燗をした酒を甚吉の空《から》の茶碗に注いでやった。そして、四人の遅い夕餉が始まった。

しばらく三人のやり取りを聞いていた麻が、

「幹やん、姉様、甚吉の間柄ですか、うらやましい」

とぽつんと呟いた。

「花魁、いや、いまの名はなんだったたな、幹やん」

「加門麻だ」

「麻さん、七万三千石《ごく》というても下士や小者の暮らしはひどいもんじゃ。わしどもが白いまんまを食えるのは正月と盆くらいでな、山に入って筍やら山菜採りをして飢《う》えをしのいでおった。そんな暮らしじゃぞ、吉原では禿でも白いめしは食べさせてもらえよう」

加門麻が汀女を見た。

「甚吉さんが申すことが、私どもの幼き折りの暮らしでした」

「初めてお聞き致しました」

なんとなく長い夜になりそうな宵だった。

三

翌朝、幹次郎が聖天横町の湯屋に行くと、すでに疲れた顔の南町奉行所定町廻り同心桑平市松は湯船に独り浸かっていた。

甚吉にはひとりだけ先に朝餉を食させて、料理茶屋山口巴屋に向かわせた。男衆の仕事は茶屋の内外の掃除など、だれよりも早いのだ。

「昨夜は夜明かしでな」

「ご苦労でしたな」

幹次郎は辻斬りの一件に翻弄《ほんろう》されているのか、と推量した。

「妙な気配がわれらの周りを覆《おお》っておる。致し方あるまい」

と桑平は応じた。

「一連の出来事は根がいっしょと申されるか」

「分からん」

と答えた桑平は、無精髭《ぶしょうひげ》の生《は》えた顔をごしごしと洗った。

「身代わりの左吉じゃが、身を隠しておる」

幹次郎は桑平を見た。

「あいつに数月前、牢屋敷の身代わりを務める者を紹介したのは、そなたがとくと承知の馬喰町の煮売り酒場の常連、旅籠坂口屋《はたごさかぐちや》の番頭の七兵衛《しちべえ》という男だ」

幹次郎は承知している顔だった。

「ということは、七兵衛が殺されたのですか」

桑平はがくがくと頷いた。

「七兵衛は通いの番頭だったが、長屋に戻る途中に虎次の煮売り酒場で軽く一杯呑んでいくのが習わしだった。長屋は龍閑川の向こう、岩本町《いわもとちょう》にあった。龍閑川が鉤《かぎ》の手に曲がって富沢町《とみざわちょう》に向かうな。その鉤の手に曲がった辺りの河岸で刺殺されていたのを夜廻りに見つけられた」

「左吉どのは、この七兵衛に頼まれて、だれぞの身代わりをしたのですな」

「そういうことだ。だが、虎次も常連客も、七兵衛が珍しく左吉とふたりだけで話し込んでいることは覚えていたが、身代わりを頼んだ者がだれかは知る者はいなかった。なにしろ四月も前のことだ、それにだれもが酒を呑んでおるゆえ覚えが曖昧だ。しかしなんとなくだが、七兵衛が必死に左吉に懇願していたことを何人もの客が覚えていた」

「左吉どのは七兵衛の口利きした客に会って仕事を受けた。だが、だれの身代わりで牢にしゃがんだか分からぬのだな」

「北町が月番ゆえ、あちらは承知かもしれん。だが、わしにはそこまで調べ切れん。そうじゃ、北町も左吉を探しておるぞ」

幹次郎は、左吉はえらく面倒な出来事に巻き込まれているのだと、改めて思った。

「ちょっと待ってくれぬか、桑平どの。そなた、非番月に夜明かしして辻斬りを追っていたか」

「曰《いわ》くがあってな。説明の要もあるまいが伝法院は浅草寺境内、寺社奉行支配下だ。だが、いつも言うように参拝客のある浅草寺界隈は人も多く、寺社方ではなかなか手が足りぬので、われらの手を借りるのは毎度のことだ」

桑平は寺社方との暗黙の了解のもと辻斬りを調べていたらしい。

「まさかと思うが、昨日の辻斬りと七兵衛が殺されたことに関わりがあると思われるか」

幹次郎の問いに桑平は、

「辻斬りと身代わりの左吉が巻き込まれた面倒が因《もと》の殺しな、殺しの方法も違うようだし、関わりはあるまい。だが、そなたが絡んでおるゆえ、なんとも言い切れぬ」

と桑平は否定とも肯定ともつかぬ返事をした。

「わしは虎次親方にそなたほど信用されておらぬと見えて、左吉が身を隠したことを漏らしたのは常連の客のひとりだ。店の常連が殺されたことに客の面々は怯《おび》えていた。近ごろ暗くなる前に客は店からいなくなるそうだ。虎次は商いが上がったりとぼやいていた。なんとなくだが、虎次はそなたが煮売り酒場に訪ねてこないかと待ち受けている様子だったぞ」

と話を締め括《くく》った。

「本日、訪ねよう」

と桑平の言葉に応じた幹次郎に、

「北町では、奉行初鹿野様が老中松平様の推し進められる改革に熱心でな、派手な商いや暮らしをしている店を摘発せよと同心の尻を叩いておられるそうだ。だが、われらは三十俵二人扶持《ににんぶち》だぞ。縄張り内の出入りから盆暮れに頂戴するお目こぼし料で探索の費えを出しておる。それを出入りのお店に『商いは派手にしてはならぬ。絹《きぬ》物などより木綿《もめん》物を売れ』と言えと命じられては、われらの暮らしは言うに及ばず、江戸の商いは景気が悪くなる一方だ。松平様の改革が始まって、呉服屋など新物は売れず、富沢町や柳原《やなぎわら》土手の古着屋に客が流れていくとぼやいていた。南北両町奉行が、吉原を仕切る会所の四郎兵衛様に目をつけたのはむべなるかなだ」

「それだ、北町の初鹿野様の言い方が厳しかったと、四郎兵衛様がそれがしに漏らされた」

「うちの奉行の池田様は漏れ聞くに、松平定信様の『改革』には、決して賛意を示しておられぬとか。だが、奉行もわれら同様に宮仕《みやづか》えに変わりはない。城中の上からの命には逆らえまい」

と桑平が言った。

「南北町奉行を動かす人物はだれか推察はつかぬか、桑平どの」

「おい、裏同心どの。われら、不浄《ふじょう》役人と蔑《さげす》まれる身分だぞ。上《うえ》つ方《がた》のことなど夢にも推量できぬわ」

と桑平が答えた。

「その疲れた顔で八丁堀に戻られるか」

「辻斬りの一件で夜明かししたで、日中は休みにしてよいとお許しをもらっておる。女房のところに立ち寄っていこう」

「それがよい」

と幹次郎が応じると、桑平は湯船から出て、

「わしが先に出よう。ふたりがいっしょのところをあまり面番所の村崎などに見られたくないでな」

と言い残し、柘榴口から姿を消した。

幹次郎は、昼前に虎次を訪ねようと決めて湯を上がることにした。

塗笠に着流しの形で、この日は腰に佐伯則重《さえきのりしげ》の一剣を差し、馬喰町裏路地にある虎次の煮売り酒場を訪ねた。

「ようやく姿を見せたぞ、神守様がさ」

と奥に向かって若い料理人の竹松《たけまつ》が叫んだ。

「竹松、料理の腕前は上がったか」

「まああってとこだね。そのうち、並木町の料理茶屋に鞍替えするぜ」

「やめておけ」

「なんだよ、おれの腕を信じねえのか」

「そうではない。料理茶屋はお上が目をつけておられる。ために客の入りも少ない。向こうに移ったところで給金も出まい」

「えっ、山口巴屋も奢侈なんとかの触れに引っかかるのか」

「どうやらそうらしい。この煮売り酒場ならば、さような心配はせずとも済もう。分かったか、竹松」

「ちぇっ、山口巴屋ならばさ、吉原に顔を出すのにも都合がいいと思ったのだがね、ダメか」

「ダメだ」

と奥から虎次の声がして、

「おまえに似合いはうちのような煮売り酒場だ。なにが料理茶屋か、それに吉原に通おうってんで、鞍替えするだと。冗談も休み休み言え、奥に行って頭を冷やして下拵えをしな」

と竹松は台所に追いやられた。

「若いやつらは、直ぐに調子に乗りやがる。神守様、あいつにびしっと言ってくんな」

虎次も小上がりに腰を下ろした幹次郎に並んで座った。

「身代わりの左吉どのが貧乏くじを引いたようだな」

「七兵衛の口車に乗せられたんだね、上手《じようず》の手から水が漏れた」

「七兵衛の顔はかすかに覚えているが、この店で評判はどうだ」

「子だくさんのせいかね。懐に余裕はねえ、うちにもツケがかなり残されたままだ。客から借金をするような真似をするからさ、おれは言ってやったんだ。『七兵衛さん、うちのお客に金を借りることは厳禁だ、店の様子がおかしくなる因だ』とね」

「そんな御仁であったか」

「死んだ人のことは悪く言いたくはないが、うちの客の中でも来てほしくないひとりだったね。しかしよ、神守様、まさかあの七兵衛が殺される目に遭うなんて、一体全体どういうことだい」

「分からぬ。左吉どのは身を隠しているようだな」

「左吉さんも危ないのかね」

「どうやらそのようだな。虎次親方、左吉どのの塒を承知の者に心当たりはないか」

「それだ。神守様は承知か」

「いや、龍閑川の北側辺りと当たりはつくが、それ以上のことは知らぬ」

「長年の付き合いだが、わっしらも知らねえんだ。心当たりがあるとしたら、ひとりだけだね」

「だれだな」

「左吉さんがこたびの一件の身代わり話の折りに、七兵衛に埘を教えたのではないかとわっしは考えたんだ。死人に口なしだからね、わっしの推量でしかねえ」

幹次郎はそれはあるまいと思った。

虎次親方の言葉から察して、あの慎重な左吉が、この煮売り酒場の主も客も人柄を信じていない七兵衛に埘を教えたとはとうてい思えなかった。それより左吉がこの煮売り酒場を出る折りに、何人かの者が交代で尾行して埘を突き止めたのではないかと考えていた。だが、そのことを虎次には言わなかった。

「南町の桑平様って同心は、神守様の知り合いだそうだな」

「それがしが信頼する数少ない町方同心だ」

「やはりそうか。南は非番月のはずなのに七兵衛の一件を調べていなさる」

「それがしが願ったせいだ」

得心したという風に頷いた虎次が、

「身代わりの左吉さんとしたことがえらいドジを踏んだね」

と改めて繰り返した。

「どうやらそのようだ。親方、この話は左吉どのから直に聞いたことだ。そなたのところになにがしかの金子を預けていたそうだな。左吉どのは、そいつを持っていかれたか」

「ああ、包金《つつみきん》ふたつをわっしに預けていた。左吉さんはあんな闇商売だ。こたびのように塒を知られて荒らされることを考え、うちに持ち金のすべてを預けていたからね」

包金ひとつは二十五両だ。五十両を、万が一の折りのために虎次親方に預けていたのだ。

「親方のところに預けてあった金子は万が一の折りのためだ。いくら隠していたか知らぬが、身代わりで稼いだ大半は塒に置いてあった。その金子を、左吉どのが牢屋敷にいる間に盗んでいった者がいる」

「な、なんだって。わっしが預かっていた金子は左吉さんの稼ぎの一部だったのか」

「どうやらそのようだ。知ってか知らずか、左吉どのの塒の金を盗む手引きをしたのは七兵衛であることは間違いあるまい」

「それで七兵衛は殺されたか」

幹次郎は首肯した。

「なんてこった」

「親方、念押しするが、左吉どのの隠れ家の見当がつかぬか」

幹次郎の問いに虎次は顔を横に振った。だが、袖に手を突っ込み、なにかを探る様子で、紙片を幹次郎と自分の膝の間に落とした。

「なにかがあった折りに神守様に渡してほしいと預かったものだ」

と小声で言い、いつもの声に変えて、

「なんの役にも立たずにすまねえ」

と続けた。

「いや、久しぶりで親方の顔が見られたのでよかった」

と言いながら幹次郎は紙片を手中に隠し入れた。

幹次郎は、虎次に左吉が預けていた紙片を、浅草寺の仁王門に戻ってきて改めて確認した。

冬来たりなば春遠からじ　夜な夜な柘榴の灯りを見つつ　闇の朝を迎えし

たったこれだけの文字だった。和歌ともつかぬ短い文には、左吉の隠れ家が秘められていると思った。

幹次郎には、一見吉原を指しているように思えた。たしかに吉原の妓楼や引手茶屋の二階からならば、柘榴の家の灯りを浅草田圃ごしに眺められよう。だが、どう考えても、吉原に身代わりの左吉が潜んでいるとは思えなかった。

となればどこか。幹次郎は考えた末に浅草寺裏に回った。

幹次郎は浅草寺寺中の教善院《きようぜんいん》、無動院《むどう》、誠心院《せいしん》、延命院《えんめい》、徳応院《とくおう》、そして、吉祥院《きつしよう》の裏手の道を進むと、左手に出羽本荘藩の六郷家の下屋敷があって、突き当たりに小さな富士浅間社《ふじせんげんしや》が鎮座《ちんざ》し、吉祥院と富士浅間社に接して、柘榴の家の裏側が見えた。柘榴の家には表門しかなく、裏口には畑屋敷の敷地が広がって、さらに浅草田圃が広がり、その北西に吉原が望めた。

幹次郎は柘榴の家を裏側から望みながら、いるとしたらあそこ、しかあるまいと思った。

加門麻は最前から黒介が興奮していることに気づいていた。うすずみ庵の庭が見える座敷に文机《ふづくえ》を出して写経《しやきよう》をしながら心を鎮《しず》め、桜季への文を書こうと考えていた折りのことだ。

黒介がみゃうみゃうと鳴きながら庭に飛び下りて駆け回った。その鳴き声に気づいたおあきが、濡れた手を前帯に挟んだ手拭いで拭きながら庭に姿を見せて、

「これ、黒介、なにに気を高ぶらせているのです」

と質した。

だが、黒介は、ひたすら柘榴の家とうすずみ庵を結びつける庭を駆け回っていた。

「麻様、なにが起こったのでしょうか」

と問いかけたおあきが、あっ、と声を上げて、

「おまえ、さかりがついたの。牝猫《めすねこ》がどこかにいるの」

と言いながら庭の周りを見回したが、牝猫らしい影はなかった。

「黒介がかように喜ぶのは幹どのや姉上が戻ってこられた折りしかございません。

ですが、おふたりが戻ってこられる刻限ではございません。どうしたことでしょう」

「お父つぁんが、犬や猫は人が感じられぬ勘が働くと言うておりました。もしや汀女先生や旦那様に」

「なにかがあったというの」

「はい」

麻は心を鎮めておあきが言ったことを沈思した。そして、顔を横に振り、

「それはございますまい。もしそのようなことがあれば、この麻にも感じられます。それに黒介の喜びようは不吉《ふきつ》なことを教えているとも思えません」

とおあきに言った。

「そうですね、なにか事が起こったということではなさそうです。黒介が口を利いてくれるとよいのですがね」

とおあきが言うと、いつの間にかいつもの様子に戻った黒介がうすずみ庵の沓《くつ》脱《ぬ》ぎ石から縁側へと飛び上がり、日が当たる場所にくるりと体を丸めた。

「黒介ったら騒がすだけ騒がしてどういうつもり」

とおあきが呆《あき》れ顔で言った。

もはや黒介はなんの反応も見せなかった。

おあきは急に手持ち無沙汰になり、

「麻様、茶を淹れてきましょうか。最前、甚吉さんが昨夜の泊まり賃だと言うて、山谷堀向こうの甘味屋から塩饅頭《まんじゅう》を買って持ってきてくれました」

「姉上と幹どのを待ったほうがいいかしら」

「甚吉さんは出来立てが美味《お》しいと言い残していきました」

と麻が知らぬことを告げた。

「ならば、私たちふたりと黒介でお茶にしましょうか」

おあきが茶を淹れに母屋の台所に戻り、しばらくするとお盆に煎茶《せんちゃ》と竹皮包みの塩饅頭を載せて運んできた。

おあきが竹皮を開くと茶色の塩饅頭が八つほどあった。

「美味しそうね」

「この甘味屋の塩饅頭はあの界隈では評判なんです」

麻は冬の穏やかな日差しの縁側で塩饅頭を食しながら、小さな幸せを感じていた。

「麻様、旦那様と汀女先生、それに甚吉さんが西国の同じ大名家のお長屋で育ったなんて考えられません。おふたりと甚吉さんとでは育ちが違うように感じます」

麻も昨夜、甚吉の言葉遣いを聞きながら同じことを考えた。そして、幹次郎と汀女が人を惹きつけるなにかが、三人の関わりをいまも形作っているのだと推察していた。

「まあ、そのことを申せば、私がこの家に住まいしていることも世間から見ればおかしいことでしょうね」

麻の言葉に、おあきはなにも答えられなかった。

四

幹次郎は柘榴の家の裏手から、出羽本荘藩の六郷家下屋敷の北側と畑屋敷の間の道を西へと向かいながら、黒介が幹次郎の気配を感じてか、

みゃうみゃう

と鳴く声を背に聞いていた。

浅草田圃の間の畔道《あぜみち》を幹次郎が向かった先は、吉原と鉄漿溝を挟んで南西側に

ある、

「浅草溜《ため》」

であった。

江戸では寛政十二年（一八〇〇）当時、えた身分が二百三十軒、非人身分が七百三十軒余り住んでいた。えた身分の大半は集中して住んでおり、その頭分《かしらぶん》は、浅草弾左衛門《あさくさだんざえもん》だった。

またその支配下の非人身分は、浅草の車善七《くるまぜんしち》を筆頭に、品川《しながわ》を持ち場にする品川の松右衛門《まつえもん》、本所《ほんじょ》、深川《ふかがわ》を持ち場にする深川の善三郎《ぜんざぶろう》、そして、山《やま》の手《て》一帯を持ち場にする代々木《よよぎ》の久兵衛《きゅうべえ》と、四人が頭分だった。だが、四人の非人頭の中で、弾左衛門に直結していたのは浅草溜の車善七だけだ。

山谷堀から吉原を横目に見ながら浅草寺の境内に向かう道沿いに、車善七の浅草溜が二か所に分かれてあった。

幹次郎は、身代わりの左吉の、

「冬来たりなば春遠からじ　夜な夜な柘榴の灯りを見つつ　闇の朝を迎えし」

なる文からその場所が浅草溜と推量した。

神守幹次郎は、吉原会所に流れついて以来、吉原と鉄漿溝を接して黒板の高塀の向こうにある浅草溜の車善七に、幾たびか「世話」になっていた。

この車善七は、他の三人の非人頭より強い力を有し、小塚原《こづかっぱら》刑場の御仕置などに関わりを持っていた。

幹次郎は塗笠に顔を隠して浅草溜の閉じられた戸の前に立ち、訪《おとな》いを告げた。そして、溜の中から小さな穴を通して訪問者の正体が確かめられるのが幹次郎には分かった。そこで笠の縁を上げて顔が見えるようにした。すると、すっ、と頑丈な扉が開かれ、幹次郎は浅草溜に入ることを許された。

幹次郎と汀女のふたりが吉原会所と関わりを持った当初から、この溜近くの浅草田町《たまち》の吉原会所が所有する長屋に住んでいたため、溜の前をしばしば往来し、溜の者とは顔見知りになっていた。

「珍しいお方がお見えになりましたな」

車善七の番頭格、溜の影吉《かげきち》が幹次郎に話しかけた。その顔には、この訪れを予測していた表情があった。

「無沙汰をしております」

「田町の長屋から寺町へと移られましたからな」

溜の影吉は幹次郎と汀女が引っ越したことを承知しているようで、顎で浅草田圃の向こうを指した。そして、幹次郎を溜の敷地に通して扉を閉めた。

「引っ越しのご挨拶もせず申し訳ございませんでした」

「まあ、吉原の出来事はなんとなく伝わって参りますでな、よう承知しておりますよ」

と軽く影吉が言い、なにか用事か、と無言の顔で幹次郎を見た。

「ちとお尋ねしたい。それがしの存じ寄りの者がこちらの溜に世話になっているのではないかと思うてな、かくお訪ね申した」

「ほう、神守幹次郎様の知り合いがですか。そのお方はわれらの仲間と申されるか」

「それは存じません。ですが、その者が潜んでいるとしたら、この浅草溜しかないように思えたのです」

しばし間を置いた影吉が、

「何者です。姓名はお分かりですか」

「むろん承知で訪ねました。身代わりの左吉と世間では呼ばれている人物です」

「身代わりの左吉、さんね」

と応じた影吉が幹次郎に頷き返し、

「そなたが参られるのを待っておいででしたよ」

やはり、この浅草溜であったかと幹次郎は安堵しながら尋ねた。

「お会いできようか」

影吉が小さく頷き、この場で待てと願った。

高塀に囲まれた溜の奥に二階建ての建物が何棟か点在していた。

吉原とは鉄漿溝を挟んで接している浅草溜は、昼見世で賑わい、夜は夜で万灯《まんどう》に照らされる官許の遊里とは異なり、人影もなく整然とした静寂《せいじゃく》に支配されていた。

遊里の吉原と浅草溜が接して建てられたのは、公儀の思惑《おもわく》があってのことではないかと幹次郎は考えていた。

遊里の吉原も浅草溜も世間とは一線を画して「隔離」されていた。だが、このふたつは公儀にとっても世間にとっても必要欠かせぬ場所であった。

ふらりと姿を見せた人物がいた。

身代わりの左吉だった。

幹次郎が会釈すると、左吉が手招きして溜の建物のひとつに無言で案内した。

そして、外階段を上がると二階の格子窓のある板の間へと幹次郎を導いた。格子窓の向こうに柘榴の家が望めることを幹次郎は確かめた。

「われら、左吉どのに見られながら過ごしてきたのか」

「虎次親方に会いましたか」

「ゆえにこちらを訪ねました」

この建物の二階はなにかの作業場と思えた。

「最後に神守様に会ってから長い日々が過ぎたような気がする」

と身代わりの左吉がぽつんと漏らした。

「それがしもだ。あの日以来、吉原にも大嵐が襲いかかっておりましてな。じゃが、左吉どのが見舞われた災禍《さいか》と吉原の大嵐が同じ原因なのかどうかも未だしかと判明しておりませぬ。左吉どの、そなたがこちらに隠れ家を求めたには理由がなければなりますまい。それがしと別れたあと、命を狙われましたか」

頷いた左吉が、

「あれこれ考えた末に、昔の誼《よしみ》を頼って車善七のお頭に匿《かくま》ってくれまいかと願ったのです。わっしの身代わりは世間に知られてはならない仕事。牢屋敷にも車のお頭の手下が入り込んでおりますでな、わっしどもはお互い承知しておりました。さすがにあの者たちも、わっしが吉原の直ぐ隣の浅草溜に潜んでいるとは考えますまい」

幹次郎は頷くと、

「左吉どの、それがしができることがあるかどうか、話を聞かせてくれませんか。このことを会所の七代目は承知で、廓の仕事は外してくれました」

「車のお頭といい、神守様といい、わっしは人に恵まれたゆえにこうして生き残っておる」

左吉はいつもとは違い、なかなか本題を告げようとはしなかった。そこで幹次郎は話柄を変えた。

「左吉どの、吉原会所の七代目が南北ふたりのお奉行に呼ばれ、遠回しながら七代目を退くように仄めかされました」

「なんと、やつらは吉原会所をも手に入れようとしておりますか」

「根っこは同じですかな」

「この浅草溜に来て、時だけはございます。あれこれと考えました。神守様はすでに察しておられるようですね、老中松平定信様の意向の『ご改革』を巧妙に利用して一派を作ろうという連中がまたぞろ姿を現わしたというわけでございますまいか」

「一派の頭分が分かりますか」

「推量はつきます、ただし証《あか》しがありません」

「左吉どの、知ることをすべて話してくだされ」

幹次郎と左吉の話は一刻半以上に及んだ。その間に浅草溜には物音ひとつしなかった。

「左吉どの、もはや遅過ぎるかもしれぬが動くしかなかろう。まずそなたの塒を見張る連中から上へと辿ってみようと思う」

左吉は、話の中で龍閑川の北側、あの界隈でお玉《たま》が池《いけ》と呼ばれる辺りの武家地に接した米屋、越後屋繁左衛門《えちごやしげざえもん》の借地にある蔵座敷に住んでいることを幹次郎に告げた。その折り、幹次郎が、

「未だその者たちは左吉どのが家に戻るのを待っておりますかな」

と訊くと、

「必ずや見張っておりましょう」

と、左吉が確信を持った体で言った。

「わっしの塒の蔵座敷は、貸家の体を装っておりますが、わっしの持ち家でございましてね。あやつら、わっしの家から金子は見つけ出しましたが、喉から手が

出るほど欲しい、わっしが身代わりで牢務めを果たした間に書き溜めた大事な書付《かきつけ》は、未だ見つけてはおりますまい。何しろ日中は長屋の連中がおりますからな、人目がある。となると夜の間にこそこそと小さな蔵座敷を探し回っておりましょうが、そう容易くは見つけられませんよ」

と言ったものだ。

「ならば、そなたの住まいから探索を始める」

「わっしもごいっしょしましょうか」

「いや、それがしが浅草寺で会った御仁が仮に相手方の用心棒ならば、なかなか手強《てごわ》いと思われる。左吉どのの書付は、相手にとって喉から手が出るほど欲しいものと申されたな。それがしがなんとしても見つけてそなたの手に届けよう。書付とそなたの命が揃っておればこそ、敵方は、吉原にも手は出せぬことになる。まずそれがしが動いてみよう」

幹次郎が左吉と話をした二階から外階段で下りると、浅草溜の主の車善七が幹次郎を待ち受けていた。

「車善七どの、無沙汰をしております」

「なんの、吉原会所の陰のお人は多忙を極めておられますでな。それにしても、加門麻様の一件にはこの善七、腰を抜かすほど驚かされましたぞ」

「お頭、伊勢亀の先代の遺言に従っただけでございますよ」

「そう容易く仰《おつしや》るが、札差《ふださし》百九株の筆頭行司《ひつとうぎようじ》にあった先代の死に立ち会ったのは、当代の伊勢亀と神守様おふたりだけと聞いております。それほど吉原会所の裏同心は、先代半右衛門《はんえもん》様の心を摑み、信頼されておられた。また当代の後見をも務めておられる。さような御仁は、城中にも世間にもおりますまい」

「お頭、買《か》い被《かぶ》りにございます」

「いえ、われら、世間には存在しない闇の者。神守様も裏同心と呼ばれておられるように、吉原にあって存在しないお方。ゆえにそなた様の真心が、この溜にも伝わってくるのです」

「お頭、過分なお言葉ですが、なんぞ注文がございましょうか」

「こたびの左吉さんの一件、神守様が動いておると聞いて、わっしは大船に乗った気持ちでございましてな。左吉さんとうちは牢屋敷を通じて、昔からそれなりのつながりを持ってきました。ですが、こたびの一件はわっしどもも見逃してしまった。神守様には余計なお節介かもしれませんが、わっしらの力が要る折りは、働かせてくだされよ」

「有難きお言葉、神守幹次郎、肝に銘じます」

と感謝の言葉を述べた幹次郎は浅草溜を出て、浅草寺へと足を向けた。

浅草田圃に出たとき、すでに宵闇が訪れ、幹次郎の背から吉原の灯りが夜空までを煌々《こうこう》と染めていた。それだけに、車善七の浅草溜が闇に沈んでひっそりと感じられた。

幹次郎は吉原会所と関わりを持って、公儀の命で配置された官許の遊里の新吉原に接してある車善七の浅草溜、その他の界隈を、浅草弾左衛門が仕切っていることを知っていた。

幹次郎は弾左衛門とは一度短い間会ったことがあるだけだ。

だが、徳川幕府の権力機構が表の世界を統治しているのなら、浅草弾左衛門の隠れた組織は、関八州《かんはっしゅう》にとどまらない裏社会をきっちりと支配していることを、吉原会所の務めを通じて教えられていた。

車善七もそんな浅草弾左衛門の支配下にあるのだ。

幹次郎が神田川《かんだがわ》に架かる和泉橋《いずみばし》を渡り、武家地を抜けて、お玉が池に辿り着いたのは、四つ（午後十時）の時鐘が鳴り終わった刻限だ。

米屋越後屋繁左衛門方は武家地と町屋が混在するお玉が池の表通りにあり、その家作《かさく》は店の背後にあった。武家屋敷から茂《しげ》った樹木が枝を差しかけるところに、越後屋の長屋と別棟とは別に、蔵座敷がひっそりとあった。

（身代わりの左吉どのはかような場所に住まいを持っていたのか）

幹次郎は火縄を手に半刻もかけて、左吉の家の内外に見張りの気配があるかなしか探った。だが、それは感じられなかった。もともと蔵を住まいに改装しているので、蔵座敷の屋根は尋常の二階屋より高かった。

蔵座敷は表と裏に扉があって、夏の間、風が吹き抜けるようになっていた。表戸は侵入者に強引に壊されていた。それを左吉がやったのか、板戸で急拵えに塞がれてあった。

幹次郎は火縄の火が見張りに知られないように手で隠して、裏へぐるりと回った。

身代わりという陰の仕事で稼いだ金子で得た蔵座敷を左吉が大事にしていたことは、闇の中でも察せられた。人が住まなくなった家からは、荒廃した雰囲気が伝わってくるものだ。だが、蔵座敷は幾たびか手入れがなされていた、そんな感じがあった。

裏戸はしっかりと閉じられてあった。

幹次郎は、左吉から教えられた鍵束を武家屋敷からこちらへと伸びた枝の間に探し当てた。その二本の鍵を裏戸の錠前に突っ込んで試してみた。一本目は錠前に入らなかった。残りの一本は錠前にぴたりと入った。そこで静かに回した。するとかすかな音がしただけで錠が解除されたのが分かった。

厚い扉を手前に引いて開けた。

表の冷たい空気が蔵座敷に流れ込んでいった。

幹次郎は左吉から聞いた蔵座敷の片隅にある行灯《あんどん》の前に座った。火縄から行灯の灯心に火を移す。すると蔵座敷の中が行灯の灯りに浮かび上がり、荒らされた痕《あと》が残っていた。左吉が牢屋敷に入っている間に、強引に押し入った連中が荒らした痕だろう。

左吉は隠してあった金子がなくなっていることを確かめたあと、急いでこの住まいから立ち去ったと幹次郎に告げていた。

幹次郎は裏戸を閉じて、草履を脱ぎ足袋裸足《たびはだし》になった。

もはや灯りは外には漏れなかった。

行灯を提《さ》げて蔵座敷の一階を回った。一階の広さは十三、四坪か。家具類や台所の用具はほとんどなかった。しっかりとした床板が張られ、畳が敷かれてその隅に夜具《やぐ》が重ねられていた。

左吉は、

「わっしが寝に帰るだけの家でしてね、一階を探し回るったってそう時は要しなかったと思いますよ。だが、蔵座敷にはそれなりに工夫がしてございましてね」

と言ったものだ。

幹次郎は行灯を床に置いて、その周りを足袋の裏でとんとんと踏んで歩いた。すると床下の音が微妙に変わるところがあった。

幹次郎は白い壁に向かって歩き、その下の床板を叩きながら音が変わったところで一枚外した。するとどういう仕掛けか、行灯が置いてあった床板がわずかに持ち上がった。

幹次郎が持ち上がった床板を外すと、さらに床が張られてあって、敵などが侵入した折りに隠れ潜む空間が設えてあった。だが、仕掛けはそれだけではなかった。地下床に入れられた板を数枚外すと、石造りの穴蔵が口を開けていた。五尺(約百五十二センチ)四方か、梯子《はしご》段が石造りの壁に設置されていた。

左吉の隠し金はこの穴蔵に保管されていたらしい。だが、その五百七十五両はそっくり消えていたという。

幹次郎は穴蔵に下りることなく、地下床の板を元へと戻し、蔵座敷の一階に戻って板張りの床も旧に復した。

左吉は、

「わっしの金子を盗んだ野郎は一階の仕掛けを見破りましてな、そっくり隠し金を持ち逃げしやがった。まあ、あの仕掛けを見破られたんでございますよ、致し方ございませんや。気前よくそやつに差し上げましょうか。もっとも、わっしが身代わりになった魚河岸裏の堀留《ほりどめ》、道浄橋《どうじようばし》際の薬種問屋久松屋嘉兵衛《ひさまつやかへえ》は、わっしが牢屋敷にしゃがんでいる間に何者かに斬り殺されて、わっしから奪った金子もだれぞの手に渡り、久松屋の身内も奉公人も夜逃げしてどこに行ったのか、分からない始末だ」

「薬種問屋なればしっかりとした商いではないのか。それが押し込み強盗紛《まが》いの真似をしたと」

「そこですよ。久松屋はなんぞお上に弱みを握られていたんではありますまいか。で、わっしを牢屋敷に送り込んだあと、わっしの蔵座敷から隠し金を探し出したところまではよいが、久松屋嘉兵衛の背後にいる人物は、わっしの金よりも書付が欲しかった。だが、嘉兵衛は探し切れなかった。そんなわけで、わっしに口利きをした旅籠屋の番頭の七兵衛も久松屋嘉兵衛もあっさりと始末されて、わっしの金はどこぞに消えました。こいつはなんとも腹立たしいことでございますよ」

と言い、

「神守様、わっしがどこに書付を隠しておるかお探しになってくれませんかえ。ひょっとしたら吉原会所の助けになるかもしれませんぜ」

と幹次郎を唆すような言い方を左吉がした。

この蔵座敷の仕掛けのひとつ、穴蔵を見破った者もふたつ目の仕掛けを未だ見逃しているようだ。そして、左吉はそれを幹次郎にも伝えなかった。

（さあてどこにあるのか）

幹次郎が思案に落ちたとき、外に人の気配がした。

（ほう、ようやく参られたか）

と幹次郎は行灯を吹き消し、蔵座敷の床下に身を潜めた。

鍵は幹次郎の懐にあった。とすると、外の者たちが蔵座敷に忍び込むためには表扉をふたたび壊すしかあるまい、と幹次郎は思った。

応急処置がされた表扉の板が手際よく剝がされていき、夜風が蔵座敷の中へと入ってくる気配があった。
どうやら蔵座敷の床下に幹次郎がいることに気づいていないらしい。
ただ時が流れて、
ぎいっ
と音を立てて壊された蔵座敷の表戸一枚が外へと開かれた。

第四章　左吉の秘密

一

　幹次郎は腰から外した佐伯則重を手に仰向《あおむ》けに寝ていた。もし侵入者が床下に入ってくるならば、ひと騒ぎせねばなるまいと覚悟を決めていた。

　侵入者は幾夜も床下の隠し蔵をはじめ、蔵座敷を探したはずだ。となれば、まだやつらに探させるのもひとつの手かと思った。

　幹次郎は、ただ闇の中に目を凝《こ》らして耐えていた。

　今夜の侵入者は六、七人か、梯子や道具を持ち込んでいる気配がした。小声で短く命を下す者がいて、他の面々はこのために雇われた職人とも察せられた。侵入者は梯子をかけて高い天井付近を探す気配がした。

黙々とした作業が続いた。

幹次郎は小便を堪《こら》えながら、ひたすら時が過ぎるのを待った。

長い冬の夜が明けようとしていた。

「今宵は引き揚げじゃ」

と武家方と思える者が職人たちに仕事の終わりを告げた。

「山富《やまとみ》様、なにを探すのか仰ってくれませんと、わっしらも探しようがございませんや」

「名を呼ぶでない。この蔵座敷にはいくつも仕掛けがあるのは分かっておる。明晩、いや、今晩か。四つの刻限から捜索を再開致す」

との声がして、蔵座敷から人の気配が消えていった。

幹次郎は四半刻ほど小便を堪えて床下に潜んでいた。そして、床下から蔵座敷の一階へと忍び出た。

長梯子が蔵座敷の梁に差しかけられて放置されていた。その下に道具箱が残されてあった。その道具箱に、

「下白壁町《しもしらかべちょう》　大工惣五郎《そうごろう》」

と薄れた字が読めた。

下白壁町とはどこか、幹次郎には見当もつかなかった。そして、そちらを探すより先に用足しだと思った。

幹次郎は厠《かわや》はどこかと思案した。裏戸を押し開いて裏庭を朝の薄明かりで見た。厠らしき建物はなかった。

左吉が離れた長屋の厠を使うとも思えなかった。とすると蔵座敷に厠が設えられてあるのか。隠し厠があるとしたら、当然汲《く》み取り口がなければなるまい。

幹次郎は薄明かりの中で蔵座敷をぐるりと回った。

この蔵座敷は、地主の越後屋繁左衛門の家作の裏長屋から離れて建っており、生い茂ったけやきなどの大木や畑などで裏長屋とは隔絶されていた。

幹次郎は夜には判然としなかった立地を見て、身代わりの左吉の隠れ家に相応しい住まいだと得心しながらも、やはり左吉にも油断があったことを考えていた。

驚いたことに敷地には地下水の湧く小さな池まであった。

左吉は幹次郎に、蔵座敷は持物だが、土地は越後屋の借地と言った。だが、このけやきの大木が茂り、池まである敷地を見て、この一画は身代わりの左吉の持物ではないかと思った。ゆえに長屋の住人も蔵座敷には近づかないのではないか。

これまで互いに信頼し合ってきたと思っていた幹次郎だが、左吉は己の正体の極々《ごくごく》一部しか見せていなかったことを悟った。

もう一度見ると、蔵座敷の裏口から少し離れた生垣の陰に小さな板屋根が見えているのに気づいた。厠だろう。幹次郎が生垣を回り込むと、果たして厠があった。

我慢してきた小便を心ゆくまでした幹次郎は、

（さてどうしたものか）

と思案に落ちた。

左吉が裏長屋を通って表通りに出入りするわけもない。となれば左吉だけが出入りする通路があるはずだと思った。

すると隣地の武家屋敷の塀の傍らに人ひとりがようやく通り抜けられる路地があった。いわば身代わりの左吉の「蜘蛛道」だ。その道を抜けて、表通りに出た。

幹次郎は東に向かうか西に行くか迷った末に、日差しを背に受けて西に向かって歩いた。そちらに行ったほうが町屋がありそうだと思ったからだ。近江仁正《おうみにしょう》寺《じ》藩の上《かみ》屋敷の前を過ぎると道が丁の字になっており、その先に町屋が広がっていた。その町屋に張った番小屋に下白壁町を尋ねてみると、西にさらに二丁《ちょう》（約二百十八メートル）ほど行ったところにあることが分かった。

幹次郎は教えられた道を歩きながら、大工惣五郎にどう接したものかと思案した。

夜明かししたのだ、長屋を訪ねたところで休んでいるだろうと思った。ならば惣五郎の住まいを確かめたあと、幹次郎もいったん柘榴の家へ戻り、仮眠をしようかどうしようかと迷った。

下白壁町に入り、床屋の小僧が店の前を掃き掃除しているのを見て、大工の惣五郎を承知かと訊いてみた。

「ああ、惣五郎さんはこの裏手のよ、棟割《むねわり》長屋に住んでいるぜ」

と箒の先で長屋のある辺りを指した。

「だけどさ、長屋に行ったっていないぜ。最前、湯屋に行っていたもの」

とこんどは箒を動かして湯屋を指してみせた。

「ならば湯屋を訪ねてみよう」

と小僧に応えるというより己に言い聞かせて、小僧が指した方角に半丁（約五十五メートル）も歩くと、「白壁湯」と染められた暖簾が掛かった湯屋があった。

幹次郎は懐の財布から湯銭を出して、番台にいた女衆から手拭いを借りた。湯屋の二階に佐伯則重を預け、脱衣場に下りると衣服を脱いで洗い場に入った。

すると柘榴口の向こうから鼻歌が聞こえてきた。酒でも引っかけて湯屋に来た、そんな感じの鼻歌だった。かかり湯を使った幹次郎は、柘榴口を潜った。すると職人風の三十男と隠居がふたり、湯船に浸かっていた。鼻歌の主は三十男の惣五郎だろう。

「すまぬ、相湯をさせてくれ」

と断わった幹次郎はひと晩床下に隠れ潜んでいた体を湯にそろそろと浸けて、

「おお、極楽じゃ」

と思わず呟いた。

「お侍さんも夜明かしか」

と隠居のひとりが幹次郎に話しかけた。

「この界隈のお店でな、用心棒の仕事を果たしたところだ。かような仕事は初めてゆえ意外と疲れるな」

「こんなご時世だ。千両箱を積んでいるお店は用心しないとな」

と惣五郎と思《おぼ》しき男が話に加わった。

「そなたも夜明かしかな、こんな刻限に湯に入っているが」

「おれかえ、大工だがよ、さるところの蔵座敷で夜なべ仕事よ」

やはり惣五郎だった。

「それはお互い辛《つら》いな。冬に入ったばかりとはいえ、夜は冷え込むでな」

「まあ、得体の知れない仕事だが、銭になるから致し方ねえよ」

惣五郎が幹次郎に応じた。

「惣五郎さんよ、越後屋の蔵座敷を壊すのか、勿体《もったい》ねえな」

と白髪を小さな髷《まげ》に結った隠居が惣五郎と呼んで尋ねた。

「なんでも蔵座敷を壊すんだか、手直しするんだかして、妾宅《しょうたく》にするというんだ。だが、この数晩、蔵座敷じゅうをあちらこちらと探させてよ、なんぞ探し物をするのが仕事なんだよ。道具箱は持ち込んだが、道具なんて使うことはねえや」

「なんだって、妾宅を造るのに探し物か。おかしな話だな」

もうひとりの隠居が言った。片手がうまく動かないのか、頻《しき》りにもう一方の手で揉んでいた。

「越後屋の蔵屋敷にはだれぞ住んでなかったか」

「ああ、妙な仕事の男があの蔵座敷を借りたとか、買ったとかしたんじゃなかったか」

白髪頭の隠居が手の不じゆうな隠居に訊いた。

「惣五郎さんよ、大丈夫か、夜中に仕事なんて怪しげだぜ」

「と思うけどよ、日当が昼間の倍だ。怪しげだろうとなんだろうと、おりゃ銭になればいいいんだよ」

「で、これから一杯呑んで長屋で夕方まで眠る算段か」

「そういうことだ、油屋の隠居」

と惣五郎が答えて、鼻歌を再開した。

「お先に」

と幹次郎は体が温まった頃合いをみて先に湯船を出て、脱衣場で衣服を身に着けた。すると惣五郎が上がってきて、

「隠居はいいな、日がな一日湯三昧《ゆざんまい》だとよ」

「惣五郎さん、そんなことされたら、うちが困るの」

と番台の女が惣五郎に言った。

「おれに文句言ったってなんにもならないぜ」

と惣五郎が応えるのを聞きながら、幹次郎は、

「手拭いの借り賃だ」

となにがしかを番台に置いた。

「あら、手拭いの借り賃なんていいのに」

「気持ちじゃ」

幹次郎が二階に預けた刀を取りに行き階段を下りてくると、惣五郎が湯屋の暖簾を潜って出ていこうとしていた。

「この界隈に煮売り酒場はあるのか」

「なに、浪人さんも一杯ひっかけようというのか」

「ひと晩夜明かししたのだ、酒くらい呑んでもよかろう」

「ならばおれの行きつけに行くか」

と惣五郎が誘った。


半刻後、幹次郎はふたたび身代わりの左吉の蔵座敷に戻っていた。

蔵座敷ゆえ光は差し込んでこないが、表戸の板と板の間からと、蔵座敷の天井近くの空気孔《あな》から漏れてくる光で、行灯の灯りより蔵座敷の中がよく見えた。

先ほど煮売り酒場で惣五郎に酒を勧めて、幹次郎は煮魚と味噌汁でめしを食った。朝酒を呑んだ惣五郎は、自分のほうからべらべらと夜明かし仕事について話してくれた。だが、肝心の蔵座敷を捜索している「山富」なる武家が何者か、曖昧にしか知らなかった。

「なんでもよ、おれたちの雇い主はお城のお偉いさんだとよ。山富って侍はその下っ端らしいや」

それが惣五郎の知るすべてのようだった。

「今晩も夜明かし仕事かな」

「おお。夜仕事も珍しいが、二倍の日当も滅多にねえもんな」

と惣五郎はがぶがぶとひとりで酒を呑んだ。

幹次郎はいい加減に酔った惣五郎に、

「それがしは長屋に戻って夜明かし仕事に備える」

とめし代を置いて下白壁町の煮売り酒場を出た。

惣五郎はとろりとした目で幹次郎を見たが、なにも言わなかった。

そして今、幹次郎は左吉の蔵座敷の床下に夜具を持ち込み、仮眠することにした。

左吉が幹次郎の力を試すように書付を探してくれと言った頼みを、なんとしても本日のうちに済ますつもりだった。そのためには仮眠を取って頭をすっきりとさせる要があった。

蔵座敷に戻った幹次郎は左吉が几帳面に蔵座敷の隅に積んであった褞袍《どてら》一枚だけを床下に持ち込み、眠りに就いた。

どれほど眠ったか。

本石町《ほんごくちょう》三丁目と、本銀町《ほんしろがねちょう》三丁目の間に設けられた時鐘が床下まで鈍《にぶ》く響いてきて、幹次郎は目を覚ました。

何刻であろうか。なんとなく眠りの具合から七つ（午後四時）か七つ半（午後五時）辺りと思った。

床下から蔵座敷の様子を推量した。人の気配はないが、なんとなく外から蔵座敷が見張られているように思えた。しばし床下で我慢をしていると、蔵座敷に人が入ってきて、がたがたと歩き回り、

「左吉なる者が戻ってきた様子はないな」

「ございませんな」

「用心しているのであろう。この界隈の連中に怪しまれぬようにしっかりと見張っておれ」

という声がして、頭分らしき人物は蔵座敷から気配を消した。「山富」とは異

なる人物で若い声だった。

静かになると、いつしか幹次郎はふたたびとろとろとした眠りに落ちていた。

「おい、かように火もない蔵座敷で三人して戻ってくるか戻ってこぬか分からぬ野郎を待つのか。酒でも購《あがな》ってくるのであったな」

苛立った声に、幹次郎は目を覚ました。

「致し方ない、これも仕事のうちだ」

と言い合った見張りたちはしばし沈黙していたが、我慢できなくなったひとりが、

「ううっ、寒い。蔵座敷は底冷えせぬか」

と蔵座敷から外へと出ていった。

酒を買いに行ったか、厠に用足しに行ったかであろう。

幹次郎は縕袍を頭から被り、蔵座敷に残ったふたりを責めてみるかと考えた。

高さのない狭い床下で音が出ぬように縕袍を被ろうとしたとき、綿入《わたい》れの袖に違和を感じた。

(ううん)

硬くはない、だが、明らかに綿でも木綿地でもない異物だ。

書付か。

幹次郎は佐伯則重から小柄《こづか》を抜くと、褞袍の縫い目をわずかに切り裂き、袖下の綿に隠された異物を抜き取ろうとした。真っ暗の床下での作業だ、かなりの時を要した。ようやく褞袍に隠された異物を取り出すことができた。感触は明らかに紙だ。左吉が命の次に大事と言った書付と確信した。

幹次郎は書付を懐に仕舞い込むと、褞袍を被り、蔵座敷の床の一部を押し開いた。

ふたりは、畳が敷かれた蔵座敷の隅で左吉の夜具を被って寝ていた。この畳敷きの一角は裏戸に近い。

外はふたたび冬の闇が覆っていた。

刻限は五つ半（午後九時）を回っていた。

幹次郎は褞袍を被ったまま、表戸に接近した。すると最前蔵の外に出た見張りのひとりが、

「おぬし、なにをしておる」

と仲間と間違えたか、質した。

幹次郎は褞袍を相手に投げかけると、手にしていた則重の柄頭《つかがしら》でいきなり鳩《みぞ》

尾《おち》を突いた。相手は手に貧乏徳利《どっくり》を提げていて対応が遅れた。

うっ

と呻《うめ》き声を上げた見張りのひとりがどさりと蔵座敷の床に倒れ込む前に、幹次郎は開け放たれた蔵座敷の表戸から外に飛び出すと、仁正寺藩の上屋敷の塀の間の路地に駆け込んでいた。

四半刻後、幹次郎は神田川右岸の柳原通りにいて、常夜灯の灯りで褞袍から取り出した書付を見ていた。

縦横三寸（約九センチ）に二寸五分（約七・六センチ）、厚みは薄紙を閉じて二分（約六ミリ）ほどのものだ。開くと細字でなにごとか綴《つづ》られているが全く判読不明だった。

「判《はん》じ物《もの》じゃな」

幹次郎に読まれる心配は全くなかった。

「ふーん。どうしたものか」

左吉から頼まれたのは、書付を住まいから持ち出してほしいという一事だ。だが、左吉の言葉で気になる一語があった。

「ひょっとしたら吉原会所の助けになるかもしれませんぜ」

と言わなかったか。

しばし沈思した幹次郎は浅草溜には向かわず、ふたたびお玉が池近くにある左吉の蔵座敷に戻ることにした。

刻限を見計らって左吉の蔵座敷に戻ったとき、冬の冷たい闇が界隈を覆っていた。

いきなり蔵座敷の中から怒鳴り声が聞こえてきた。

「なに、そなたら、三人もいて何者かが入ってきたのに気づかなかったのか」

山富の声だ。

「そ、それがまるで幽霊のように姿を見せましたので」

言い訳しているのは、幹次郎に柄頭で鳩尾を突かれて気を失った男の声だ。

「そのほう、なにしに蔵の外に出た」

「か、厠に参りました」

「虚言を弄するな。酒を購いに行ったのであろうが」

貧乏徳利や茶碗が山富某《なにがし》に見つかったのであろうか。

「は、はい。突然、縕袍のお化けが現われて、それがしの鳩尾をがつんと突きましたので。全く不意を突かれたのでござる」

と必死で抗弁《こうべん》した。

「そやつ、左吉であったのか」

「それがし、左吉なる者を知りませんでな。じゃが、あれは明らかに武士の、それもそれなりの腕前の者にござった」

当の幹次郎が蔵座敷の外から聞いているとも知らず、中では不意に沈黙が支配した。しばらく間があって、言い訳が再開された。

「山富様、われら、町人がこの蔵座敷に戻った折りにとっ捕まえる役目は負わされた。じゃが、褞袍のお化けなぞと戦えなんぞの約定はござらぬ」

「ならば、即刻首じゃ、去《い》ね」

と山富が非情にも命じた。

「われらの日当はどうなり申す」

「しくじりをなした者に日当など払えるか」

「それはひどい」

と三人が一斉に声を上げた。

「そなたらを探してきた一条寺鬼角《いちじようじきかく》に日当を請求せよ」

と山富某が応じた。

三人が不意に口を閉ざし、

「一条寺鬼角どのか、あのお方に会いたくはない」

と低声《こごえ》を漏らした。

「ならばさっさと去ね」

と命じられた三人が、蔵座敷の表戸から姿を見せた。

二

三人が去ったあとも、幹次郎は蔵座敷を望む厠の背後に潜んだ。そして、山富某が蔵座敷から出てくるのを待った。

大工の惣五郎らが「仕事」に来る時間が迫っていた。惣五郎らが姿を見せたのは三人の見張りが去った直後だ。山富は惣五郎らに仕事を命じたあとは、屋敷に戻るだろうと思われた。

幹次郎の体は冷え切っていた。

だが、ひたすら山富が出てくるのを待った。山富と思しき壮年の武家と若い配下のひとりが蔵座敷から姿を現わしたのは、三人の見張りの浪人が去って半刻あとのことだった。

山富と従者は、越後屋の家作の棟割長屋を抜けてお玉が池の表通りに出ていこうとしていた。

幹次郎は仁正寺藩市橋《いちはし》家上屋敷との路地を抜けて通りに出た。

そのとき、幹次郎は塗笠を被り、面体を隠していた。

ふたりは、褞袍のお化けが出たという見張りの言葉を信じていないのだろう、格別に警戒をする風もなく人影の少ない武家地を北へと向かった。

幹次郎は、山富某と従者の両人に別の三人の尾行者がいることを察した。三人の風体《ふうてい》からして蔵座敷の見張りをしていた面々であろう。なんとしても日当をもらいたい一心で、幹次郎とは別の場所で山富らを待ち受けていたと思えた。

柳原土手に出た。

見張りの三人が山富らに追いついた。

幹次郎は武家地の暗がりに身を潜めて様子を窺《うかが》った。

夜風に乗って声が聞こえてきた。

「山富どの、日当の半分で宜しい。われらの働き賃を頂戴したい」

「なにを抜かすか。ただ蔵座敷で酒を呑んでいただけではないか。われらはそのほうらに見張りを頼んだのであって、宿無しに蔵座敷を提供したわけではないわ」

「待たれよ。山富どの、あの蔵座敷が左吉なる者の持物であることは、われらも承知だ。そなたの持物でもない蔵座敷に勝手にわれらを入れ、大工になにかを探させるなど許されることではあるまい」

「ほう、われらを脅す気か、それはできぬ。われらは公儀の命のもと、あの蔵座敷の主が戻ってくるのを待っておるのだ。もはや、そのほうらに用事はない」

と山富が言い切った。

「いや、われらに日当を支払っていただきたい」

と押し問答の声が幹次郎の耳に切れ切れながら届いた。

五人の者たちが言い合う場に神田川の対岸の武家地から痩身の人影が姿を見せた。

幹次郎が浅草寺で出会った、無言の刺客か。

「おお、よいところに一条寺どの、参られた。こやつら、見張りの役にも立たず酒を呑んでおったで見張りの役目を解いた。するとそれがしを尾行して参り、金子を脅し取ろうとしておる」

山富が一条寺に告げた。

「ち、違う。一条寺どの、われらは働き分の日当を願っておるのだ」

三人のうちのひとりが哀願《あいがん》するように抗弁した。

すいっ
と一条寺が三人の前に近づいた。

「やめてくれ。われらはおぬしと刃《やいば》を交わらせる要はないでな」

と言いながら三人は後ろに下がった。それでも用心してか、刀の柄には手を掛けていた。

幹次郎は警告の声を発するかどうか迷った。

一条寺の腕前は三人の力量をはるかに超えていた。

「一条寺どの、かような場所で斬ってはならぬ。追い立てるだけでよい」

と山富某が言った。

だが、一条寺の動きが迅速だった。

そより
と間合を詰めると三人も慌てて剣を抜いた。

その及び腰の三人に踏み込むと一条寺が不思議な動きをした。

幹次郎も初めて見る居合の技だった。

三人の前で独楽《こま》が回るように一条寺の痩身がくるりと回転し、細身の剣が抜き打たれると同時に三人の腰から胸へと一条の光が走った。その直後、三人が剣を手にばたばたとその場に倒れ込んでいった。

一瞬にして三人を斃《たお》した抜き打ちは凄まじいものだった。

幹次郎は、一条寺鬼角なる者が先日浅草寺で立ち合った痩身の男だと確信した。

「一条寺どの、この場を、は、離れよ。夜廻りに見つかると厄介になる」

と震える声で山富が言うと、平然とした一条寺が細身の剣を血振りして鞘に納め、和泉橋を神田川左岸沿いの火除《ひよけ》広道へとその姿を没させた。

「や、山富様、われらも屋敷に戻りませぬと、厄介ですぞ」

と山富の配下が言い、

「おお、そうじゃ」

ふたりは和泉橋から北の武家地に早足で向かった。

幹次郎は辺りを窺うと、筋違御門《すじかいごもん》のほうに夜廻りの提灯がちらちらしているのを見ながら、常夜灯の灯りを避けて三人の生死と斬り口を確かめた。

凄まじい斬撃だ。だれひとりとして息をしている者はない。そのことを確かめた幹次郎は和泉橋を走り渡り、山富らを追った。

ふたりがあとを振り返ろうともせず、武家地を東に折れて大名家《だいみようけ》に接した二千五百坪はありそうな屋敷に入っていったことを幹次郎は認めた。近くには二家の大名屋敷が向き合っていた。

屋敷の主が何者か、明日調べるしかあるまいと幹次郎は思った。

人の往来が消えた武家地を抜けて下谷車坂町《くるまざかちよう》に出ると新寺町通《しんてらまちどお》りに入った。もはや津島道場に通う道ゆえ見知った界隈だ。

幹次郎が柘榴の家に戻ったときには、九つ（午前零時）を回っていたかもしれなかった。

最初に気づいたのは黒介で、みゃうみゃうと鳴くもので、汀女が柘榴の家から行灯を手に姿を見せた。未だ起きていたようだ。

「姉様、すまぬ、遅くなった」

幹次郎の声に、汀女が行灯を手に閉じられた門を開けてくれた。

「お帰りなされ」

と迎えた汀女が、

「吉原会所からのお戻りではなさそうな」

と尋ねた。

「姉様、囲炉裏の火はあるか。昨晩よりいささか寒い目に遭《お》うてな」

「ようございました。火は落としてございません」

幹次郎は門を閉じると、柘榴の家に黒介だけではなく、用心のために犬を一匹飼ったほうがよいかと思った。

囲炉裏の火を汀女が掻き立ててくれた。

「ふうっ、生き返った」

幹次郎が囲炉裏の火を両手で抱え込むようにして当たっていると、麻も寝衣の上に綿入れを着て姿を見せた。

「麻も起こしてしまったか」

「なにやら幹どのの体から臭います」

「昨晩は妙な場所に寝ざるを得なかったでな。今朝はその近くの湯屋に参ったのだがな」

と幹次郎が言った。

「体が温まったら、着替えなされ。湯が沸《わ》いておればようございましたが、明日の朝まで我慢なされ」

汀女が持ってきた普段着に着替え、幹次郎はひと息ついた。

脱いだ幹次郎の衣服から漂う臭いを嗅いだ汀女が、

「血の臭いがします」

と呟いた。

「姉様と甚吉といっしょの折りに、浅草寺でそれがしの前に立った痩身の侍がいたな。あの者が浪々の三人をひと息に殺すところを離れた場所から見たのだ。三人の者たちはあやつのひと太刀で命を奪われた。あやつがいなくなって斃された三人の傍らに立ち止まり、斬り口を確かめたで、血の臭いが衣服に染み込んだと思える」

「どこでさようなことが」

と汀女が幹次郎に訊いた。

「神田川に架かる和泉橋の手前、柳原土手と呼ばれる場所じゃ。それがし、あのような居合を見たのは初めてじゃぞ」

幹次郎の口調には珍しく興奮があった。

柘榴の家の囲炉裏端をしばし沈黙が支配した。

「幹どの、昨晩はどちらに」

こんどは麻が話柄を変えて尋ねた。

「身代わりの左吉どのの話をしたな」

「は、はい」

と麻が答え、汀女が、

「左吉さんの御用を務めておられましたか」

「御用ではない、左吉どのの頼みであった。ゆえに四郎兵衛様に断わり、左吉どのに加勢しておる。それがな」

と幹次郎が言葉を切った。

「どうなされた、幹どの」

汀女が訊いた。

「いや、未だはっきりとした証しはないが、一条寺鬼角と呼ばれたその侍の居合を見てな、こやつが最近起こった辻斬りの下手人《げしゅにん》ではないかと思ったのだ。桑平どのが凄まじい斬り口だと言っておった。それに漠《ばく》とした考えじゃが、左吉どのの一件、辻斬りと吉原に降りかかった災禍は結びつくかもしれぬ」

「なんということが」

と汀女が言葉を詰まらせた。

「そんなわけでな、昨晩、左吉どのの蔵座敷の床下にな、それがし、寝たのだ」

「まるでおこもさんではございませぬか」

麻が呆れた。

「蔵座敷には何人もの者が入り込んでおるでな、致し方ない仕儀であった。朝になって近くの湯屋に行って生き返った」

「幹どのの務めはなんとも厳しいものですね」

「今分かったか、麻」

と幹次郎が言い、麻がちろりの燗酒を幹次郎の猪口に注いでくれた。熱燗の酒を口に含み、幹次郎は、

(ようやく生き返った)

と心《しん》から思った。

「どうなされますな」

汀女が幹次郎に訊いた。

「すべては明日じゃ。本日は、この二日の間に起こったことを忘れたい」

「一条寺なる者の居合は幹どのが恐れるほどに練達の技ですか」

「ああ、あのような技は見たことがないな」

と汀女の問いに答えながら、幹次郎が柳原土手で見ていたことを一条寺が知らぬことを願った。

「なにかよき話はないか」

幹次郎が汀女にとも麻にともつかず尋ねた。

「桜季さんが本日、手習い塾に参りました。朋輩たちは怪訝《けげん》な顔をしている者、蔑みの眼差しで見ている者など様々でしたが、桜季さんは私に挨拶をされたあと、朋輩衆に『帰り新参の桜季です。塾の端にて手習いをさせていただきたくお願い申します』と平伏《へいふく》して許しを請われました」

「そうか、桜季がさような挨拶をするようになったか」

「字も前に手習い塾に通っていた折りより、格段に上手になっておりました」

「山屋のおかみさんが筆記用具を与えて、蜘蛛道界隈で頼まれた代書をしているようでな。字ばかりか、蜘蛛道で働く人々の考えや暮らしに接したのは桜季にとってよいことであろう」

女ふたりが頷いた。

「桜季は半歩ほど前に進んだようじゃな」

「いえ、しっかりとした足取りで成長しておりましょう」

と汀女が言い切った。


翌朝、聖天横町の湯屋の湯船に浸かっていると桑平市松が姿を見せた。刻限が刻限だ、ひとりだけ耳の遠い隠居が湯船の端にいた。

かかり湯を使った桑平が、幹次郎の横手に入って並んだ。

「昨夜、柳原土手で辻斬りが出た。二件目のこたびは、三人が凄まじい太刀風で斬り殺されておる」

と桑平が言った。

「北町の月番ではなかったか」

「とはいえ、かような大事は北だ、南だ、と言っておれまい。うちに月番が回ってきたときに、直ぐに対応できるようにしておかねばな」

桑平は自分の意思で動いた気配があった。

「最前の言葉では斬り口を見たようですね」

「大番屋に運ばれてきたのを見た」

と桑平が答えた。

「前の殺しと斬り口は似ておりますか」

「まず同じとみて間違いなかろう。だがな、こたびの一件、妙な感じがした。先の殺しとはいささか違うようでな。なにより、三人相手の辻斬りなど滅多にあるまい。まさかと思うが辻斬りも三人とは考えられぬか」

「違います、ひとりですな」

と幹次郎が言い切った。

「どうしてそう言える」

幹次郎は両手に湯を掬《すく》って顔をごしごしと洗った。

「あの辻斬りの現場におったからです」

「なんだと」

と桑平は立ち上がりかけ、幹次郎に体を向け直し、

「どういうことだ」

と抑えた声で言った。

「身代わりの左吉どのがドジを踏んだ話は承知でしたな。あの関わりの中で、殺しを見る羽目になった」

と前置きした幹次郎は、左吉を狙う者が執着《しゅうちゃく》する書付の話は別にして、お玉

が池裏の蔵座敷で起こったふた晩の話を桑平に説明した。

話の間に何人かの客が入ってきたが、桑平も幹次郎もこの界隈では知られた顔だ。南町奉行所の定町廻り同心と吉原会所の裏同心がひそひそ話をしているのに遠慮してか、湯に浸かるのもさっさと済まして上がっていった。

幹次郎の話が終わった。

「辻斬りを養っておるのは直参旗本だな」

「屋敷は判明しました。不忍池《しのばずのいけ》から流れ出る忍川《しのぶがわ》が鉤の手に曲がる辺りに二家の大名屋敷と思しき敷地があるゆえ、行けば分かる」

と幹次郎が最後に答えた。

ふたりはようやく湯船から上がった。

「すまぬ、おかみ。長湯になった」

「まだ、畳屋の隠居が入っていましょう」

「いたかのう」

ふたりは衣服を着けると二階に上がり、刀と十手《じって》を受け取った。

湯屋を出るとおあきの姿があった。

「あまり長湯ゆえ迎えに参ったか」

「はい」

と幹次郎の言葉に応じたおあきが、桑平市松にぺこりと頭を下げた。

「姉様と麻に、桑平どのと御用に向かうと伝えてくれぬか」

はい、と返事をしたおあきは、幹次郎が手に提げた手拭いを受け取った。

四半刻後、桑平と幹次郎は、昨晩幹次郎が確かめた屋敷の前を通り過ぎた。

「あちらに見えるのが筑後柳川《やながわ》藩立花《たちばな》家の上屋敷じゃ、そして、はすかいに見える屋敷が伊予《いよ》大洲《おおず》藩の加藤《かとう》様六万石のお屋敷じゃ」

と立ちどころに大名家の屋敷を言い当てた桑平が、

「ちょっと待ってくれぬか。立花様の御目付《おめつけ》は昵懇でな、訊いて参る」

と言い、幹次郎は柳川藩上屋敷の南側を流れる忍川の傍らに立って待つことにした。

日差しがあるのでさほど寒さは感じられなかった。

とはいえ、武家地に着流し姿で佇《たたず》んでいては怪しまれる。そこで幹次郎は柳川藩立花家の短冊《たんざく》形の塀の外をそぞろ歩いた。十一万石にほぼ近い家禄《かろく》の江戸藩邸は、一万六千二百四十九坪となかなかの敷地であった。

幹次郎がゆっくりとひと回りしたとき、桑平が立花家から出てきた。

ふたりは無言で肩を並べると、東に向かって歩き出した。

「公用人《こうようにん》坂寄《さかより》儀三郎《ぎさぶろう》の屋敷であった」

「公用人ですか」

幹次郎は首を捻った。

用人とは大名家や旗本家で、家政や公務を掌《つかさど》る役職だ。だが、公用人などという職務があることを幹次郎は承知していなかった。

「旗本家の当主が遠国《おんごく》奉行の長崎《ながさき》奉行や幕府の要職に就いた場合、実務に精通した用人を前任者から譲り受けて、職務に就かせることがある。その者を公用人と呼ぶことがある。この公用人、旗本の主より幕府の制度に精通しているでな、重宝《ちょうほう》がられた。この渡り用人の年給は六両二人扶持と、われら町方同心より低い。ところが坂寄は長崎奉行の公用人を二期務め、江戸に戻っても寄合席《よりあいせき》から要職に就いた旗本家の公用人として手腕を振るったせいで、拝領屋敷まで手に入れておる。この坂寄、老中松平様の懐刀《ふところがたな》を自任して、幕閣の中に隠然たる力を発揮しておるそうな。北町奉行の初鹿野様とも昵懇じゃと言うておる。この坂寄の用人頭が、そなたが見た山富宗司《そうじ》継胤《つぐたね》と申す御仁じゃ。公儀の役職でない公用人とその用人頭は、幕閣の極秘中の極秘の機密を承知しておるがゆえに大名家、大身《たいしん》旗本に恐れられておるそうな」

と桑平が掻《か》い摘《つま》んで説明した。

幹次郎はしばし桑平から伝えられた情報を頭に刻み込んで歩を進めていた。何度か道を曲がると武家地の中に池が見えてきた。

三

「三味線堀《しゃみせんぼり》じゃ」

桑平が幹次郎の顔を見て教えた。馴染がない土地と判断したのであろう。事実、幹次郎はこの界隈を訪れた覚えがなかった。

老人が釣りをしていた。

釣りをする老人を見る体で幹次郎が切り出した。

「坂寄儀三郎は、ただ今どなたの用人を務めておるのかな」

「特定の主はおらぬ。だが、当人は老中松平定信様の公用人を承《うけたまわ》っておると周囲に言うておるそうだ。さらに側近であるとして、公用人目付などと名乗っているとか。いわば、『寛政の改革』のお目付け人を気取っておるようじゃな」

「さようなことは松平様にお尋ね致せば直ぐに正体が知れよう」

「神守どのとしたことが迂闊なことを申されるな。どこのだれが老中松平様に、『坂寄儀三郎なる者は、そなた様の公用人目付を務めておられますか』と尋ねられるな。それに」

と言いかけた桑平が次の言葉を発するまで間を置いた。

「だれもが触らぬ神に祟《たた》りなしと口にせぬことが坂寄儀三郎を妙に恐れさせ、神格化させておる。わしの推量じゃが、松平様も坂寄の力を阿吽《あうん》の呼吸で利用しておられるとみた」

「それが『ご改革』の実態か」

「まあ、そんなところもあるということだ。坂寄に抗する者は一条寺鬼角が密かに始末するというわけだ」

「辻斬りに遭った者はさほど身分が高いとは思えぬが」

「そこだ、われらが単に辻斬りと誤解しておったのは。坂寄の命を受けたのであろう一条寺は、辻斬りで殺した本人でなく、その主に警告を発しておるとみた。いや、これはな、柳川藩の目付どのの話を聞いているうちに思いついたことだ」

「それがしが目撃した一条寺の殺しだがな、あの三人は坂寄のもとで日当目当てに雇われていた浪人者に過ぎなかったと思う」

「坂寄の家来山富用人に抗った場に来合わせた一条寺に始末された。これは最前の辻斬りと趣旨が違う。いや、待てよ、その三人が殺されるところをそなたは見ていたと言ったな。一条寺鬼角は、ひょっとしたらそなたが見ていることを承知で、居合一撃の三人斬りを見せたのではないか」

と桑平が言った。

幹次郎の背筋に悪寒が走った。そこで話柄を変えた。

「坂寄儀三郎は吉原の引手茶屋蔦屋の後釜に入り、吉原会所を恣《ほしいまま》にする気か」

「吉原は江戸の中でも一日千両の稼ぎ場所じゃ。老中公用人目付として松平定信様の『ご改革』の見せしめに、まず吉原から綱紀粛正《こうきしゆくせい》を図《はか》るとした名目のもとにだ、己の支配下に置いて金を稼ぐ気ではないか」

本日の桑平市松は饒舌《じようぜつ》だった。それくらいこれまであれこれと考えてきたのであろう。

「桑平どの、それがし、吉原会所に拾われた者だ。この職務が気に入っておる、天職とさえ思うておる。幕閣の一員でもない者が老中松平定信様の名を騙《かた》って、世間を、いや、官許の遊里吉原を私物化しようとするのを見逃すわけにはいかぬ」

幹次郎の言葉に頷いた桑平が、

「お城勤めの大名や旗本に不浄役人と蔑まれる町奉行所同心のわしじゃが、一分《いちぶ》の意地はある。坂寄儀三郎とその一派を見逃せば、田沼父子以上の恐怖政治となるぞ、老中松平様の『ご改革』はな」

両人は三味線堀の釣り人を離れた場所から見つめながらぼそりぼそりと話し合った。

「どうしたものか」

と幹次郎が己に問うように呟いた。

「わしは辻斬りに遭った者の主を調べ直してみる。おそらく坂寄儀三郎と対立したことがあるはずだ」

と桑平が言った。

「ならばそれがしは、引手茶屋喜多川蔦屋の後釜がだれか調べてみよう」

「もし、われらの推量が当たっているとしたら、どうするな」

「桑平どの、坂寄なる者は弱みを握って、じんわりと脅しをかけてみたり、一条寺を使って見せしめに殺したりと硬軟自在《こうなんじざい》の手を使うことに長《た》けておるとみた。やるならば一刻も早く迅速に動かぬと、われらが、いや、われらの身内が狙われることになる。坂寄はそれがしの家も、そして、そなたの女房どのがどこにおるかも調べて脅しに使おう」

しばし幹次郎の言葉を吟味していた桑平市松が、

「よし、われらが坂寄一派に先んじて動く」

「今晩じゃな」

「ああ、今晩やつを始末するか」

「公用人目付など幕府に存在せぬ職務じゃ。始末したとしても老中松平定信様にもだれにも文句をつけられまい」

桑平が沈思し、

「神守どの、われらふたりだけで坂寄儀三郎と一条寺鬼角を始末するのか。立花様の目付どのは、得体の知れぬ公用人目付の屋敷には、一条寺鬼角の他に三十人余の武闘団が控えておると言うておった」

と新たな情報を告げた。

「一条寺ひとりでもわれらの手に余るな」

「策が要る」

「だが、策を練る余裕はない」

と応じた幹次郎はしばし間を置いた。

「桑平どの、ちと思いついたことがある。われらだけでは一気に始末できぬが、もしかして助勢があるやもしれぬ。それについてはそれがしに質さんでくれぬか。何者か、承知しないほうが互いによかろう」

　幹次郎の言葉を吟味していた桑平が、

「よし」

　と自らに気合いを入れ、

「今晩九つ、公用人目付坂寄の門前で落ち合おうか」

「ふたりだけの場合は、死を覚悟せねばなるまいな」

「神守幹次郎どのが頼りじゃぞ」

「それがしには、桑平市松どのが強い味方でな」

　と笑い合った両人は三味線堀で左右に分かれた。

　幹次郎がまず訪ねたのは、車善七の浅草溜だった。

　過日の二階家で身代わりの左吉に会った幹次郎は、黙って書付を差し出した。

「さすがに吉原会所の裏同心どの、わっしの考えなど読んでおられますな」

と言い、書付をぱらぱらとめくった。

「左吉どの、それがし、それが左吉どのに探してくれと頼まれた書付かどうか分からぬゆえ、中を見た。じゃが判じ物じゃ、全くなにが書いてあるか分からなかった」

「こいつには牢の中で集めた情報が書き込まれてございますので。もし表に出れば、『ご改革』を遂行《すいこう》される老中松平様の首も吹っ飛ぶほど危のう話もございますでな。もっともわっしの首が斬り落とされるのが先でございましょうが」

と左吉が平然とした口調で言った。

「左吉どの、こたびの一件で、そなたがそれがしのことを信じておらぬことがよう分かった」

幹次郎の言葉に左吉がなにか言いかけたのを制した幹次郎が、

「文句を言うておるのではない。それがしにもそれなりの内緒ごとはござるでな。それにしても、お玉が池の蔵座敷が住まいとは努々《ゆめゆめ》考えなかった」

幹次郎は左吉と別れて以来の行動をすべて語った。

長い話になった。

話を聞き終えた左吉が、

「さすがに神守様、わっしの秘密を暴かれた。あの蔵座敷はもはや使えませんな」

「いや、あの蔵座敷を捨てるのは惜しい」

「じゃが、坂寄公用人目付にわっしのふぐりを摑まれた」

「左吉どの、そやつの口を封じればよきことでござろう」

左吉が幹次郎の顔を凝視した。

「味方は神守様と南町同心桑平市松さんのふたりにわっしを入れてたった三人ですぜ」

「そうでもございますまい」

と幹次郎が二階の板の間の一角を見た。すると板壁と思われたその一角が開き、車善七が姿を見せた。

「お頭」

と左吉が驚きの表情を見せた。

「神守様にはなんぞあれば手伝わせてくだされ、と願ってございましてな」

「お頭と神守様はそれほど親しい間柄でございますか」

「いえ、浅草田圃裏に住む隣人ですよ」

と車善七が言った。

「左吉さん、吉原を公用人目付坂寄儀三郎が支配するとなれば、次は浅草溜に手が伸びるのは必然でございますよ」

「それは考えもしなかった」

と善七の言葉に左吉が呟いた。

「この世はすべて紙の表裏の如《ごと》く、表があって裏がある。天下を徳川様が支配されているように、陰の世界を浅草弾左衛門様が統《す》べておられる。その坂寄儀三郎なる人物、神守様の話を漏れ聞くだに、世の理《ことわり》が分からぬ御仁と推察致します。となれば、うちに手を出した公用人目付坂寄が次に目をつけるのは、浅草溜、そして浅草弾左衛門様にございましょう」

と車善七が言った。

かつて弾左衛門の住まいは、日本橋室町にあったが、徳川家康《いえやす》の江戸入府《にゅうふ》ののち、浅草に移されたという。この弾左衛門、江戸と関東十二か国の民たちを統括したえた頭であり、車善七も弾左衛門の支配下にあった。弾左衛門の支配下にあったのは寛政年間（一七八九～一八〇一）、えた五千六百六十四軒、非人千九百九十五小屋、猿飼六十一軒に及んでいた。支配下に対する徴税権と皮革《ひかく》・灯心の製造販売の独占権を有する弾左衛門のもとには巨額の収入があり、数百の軍夫《ぐんぷ》がいた。

「善七のお頭、弾左衛門様の手を借り受けると申されますか」

「神守様はその気ゆえ、この話をうちに潜んでおられる左吉さんに持ち込まれたのですよ」

「善七のお頭、それがし、さような僭越《せんえつ》なる考えはございませんぞ」

と幹次郎が慌てて言った。

「いえいえ、そなた様の言葉面《づら》だけを考えた者どもがどうなったか、左吉さんも知らぬわけではございますまい」

ふうっ

と左吉が大きな息を吐き、幹次郎を見た。

「左吉さん、わっしは浅草弾左衛門様の支配下にその成り上がり者が手を出すのを許すわけにはいかないのでございますよ」

と言った善七が、

「これから浅草弾左衛門様の居所に参ります。神守様、ご同行願えませぬか」

と言った。

この日の夕暮れ前、夜見世が始まろうとした刻限、幹次郎の姿が大門を潜った。

「おい、裏同心、そなた、また廓の外でちょろちょろと動いておらぬか。おぬしの働き場所はこの吉原ぞ」

と面番所の隠密廻り同心村崎季光が帰り仕度で声を張り上げた。寒いせいか、懐手《ふところで》をしていた。

「このところ夏の疲れが生じましてな。按摩《あんま》なんぞにかかり、会所に顔出しできませんでした」

「夏の疲れじゃと。もはや冬が到来しておるわ、なにが夏の疲れじゃ」

「となると、秋の疲れでございますかな」

「いい加減なことを抜かすでない。よいか、忠言しておく。そなた、このところ増上慢《ぞうじょうまん》になっておるのではないか。いくら吉原会所の七代目の覚えがめでたいというてもいつまでも寵愛《ちょうあい》は続かぬぞ。おお、そうじゃな、この世の中には天と地がひっくり返るということもあるでな」

「村崎どの、増上慢でございますか。また天と地がひっくり返るとはどのようなことでございますか」

「そなたの頭は空っぽか、例えば面番所と吉原会所が取り替わるというようなことでもあり得ると言うておるのだ」

「えっ、そのようなことが起こりますか」

「そなたの能天気ぶりには呆れたわ。まあ、首を洗って待っておれ」

と村崎が上機嫌で小者を従え、大門を出ていった。

しばらくその背を見送っていると、村崎同心が懐手を出して高く上げ、幹次郎を見る風もなく、
ひらひら
と振った。

「なんですね、あの態度」

と小頭の長吉が幹次郎に言った。

「ここのところえらくご機嫌ですな、村崎様は」

「なんぞよい話が転がり込んだかのう」

と応じながら会所の腰高障子《こしだかしょうじ》を開いた。

夜見世を前に番方の仙右衛門らが集まっていた。

「なんぞ事が起こったかな」

と幹次郎が声をかけた。

「廓内は静かなものじゃ、そちらはどうですか」

と仙右衛門が問い返した。

幹次郎が四郎兵衛の直々の命で動いていることを番方は承知していた。だが、その用事がなにか、四郎兵衛は話していまいと幹次郎は考えていた。

「今晩が山場かな」

「手伝うことはありますか」

「いや、荒事《あらごと》ではないでな、手は要らぬ」

と幹次郎が応じると、

「面番所の村崎め、あの上機嫌はなんだ。最前、神守様に面番所と会所が入れ替わるなどと言うてなかったか」

「それがしにもそう聞こえたな」

「妙な話と神守様の用事とは結びついておりませんか」

「それはなかろう」

と否定した幹次郎は澄乃に視線を向けた。

「桜季はどうしておる」

「ご案じくださいますな。汀女先生の手習い塾に通える喜びを、私にも初音さんにも山屋の夫婦にも語ってくれました」

「そうか、喜んでおるか」

幹次郎は汀女と麻からその様子は聞いていたが、澄乃の目はまた違った見方ゆえ、安心した。

「むろん、嫌な眼差しを向ける同輩はおるようですが、汀女先生の前ではだれも口には致しません」

「まずは一歩、前に進んだか」

「神守様はよ、優しいんだか厳しいんだか分からないお人だよな」

と金次がふたりのやり取りに入り込んだ。

「金次さん、そんなこと言っていると神守様から面番所に落とされるわよ」

「えっ、おれが面番所の同心になるのか」

「いえ、小者見習いね」

「なに、村崎同心の小者見習いか。そいつは願い下げだな」

と金次が言ったとき、夜見世の始まりを告げる清掻《すががき》の調べが会所に伝わってきた。

「よし、見廻り組、しっかりと廓内を見張れ」

と番方が若い衆を送り出した。

澄乃がちらりと幹次郎を見た。

「すまぬ、あと一日二日待ってくれぬか」

黙って首肯した澄乃が若い衆の夜廻りに加わるために会所から出ていった。

「神守様は、浅草溜と親しかったのですか」

会所に独りだけ残った仙右衛門が訊いた。

「見られたか」

「いや、わっしじゃねえですがね」

「そうか。曰くがあって身代わりの左吉どのが溜に潜んでおるのだ」

「なに、左吉さんが厄介ごとに巻き込まれているんですか」

「まあ、そんなところだ」

「その一件と七代目の御用は結びつくのですかね」

と小声で仙右衛門が質した。

「それはなかろう」

「ということは、神守様は厄介ごとをふたつ抱えておられるか」

「まあ、そうなるか」

しばし沈思していた仙右衛門が自分を得心させるようにがくがくと首を振りながら、会所から出ていった。

四

幹次郎は四郎兵衛と対面した。

ふたりだけの話はおよそ半刻に及んだ。話が終わったあと、長いこと黙考していた四郎兵衛が、

「浅草弾左衛門様の力を借りましたか」

「四郎兵衛様、反対にございますか」

「反対も賛成もありますまい。神守様がそう判断された以上、認めることだけが私に残された道にございますよ」

四郎兵衛の言葉にこれまで感じたこともない弱気が見えた。

幹次郎は間違いを犯したかと思った。それならそれで事が終わったら、自ら考

えていたことを行うまでだ、と考えた。

しばし座敷に沈黙が続いた。

互いが互いの気持ちを忖度《そんたく》する沈黙だった。

「まさか弾左衛門様が、神守様との面会を許されるとは」

四郎兵衛の呟きには驚きがあった。

「浅草溜の車善七のお頭が仲立ちしてくれたゆえできたことでございます。どうやらそれがし、分《ぶん》を超えた行いをなしたようです。事が終わったら身の処分はさせてもらいます」

「そう願いましょうか」

四郎兵衛の返答ははっきりとしていた。それに対して幹次郎は大きく一度だけ首肯した。

あとは行動の時だ。と、立ち上がりかけた幹次郎を四郎兵衛が手で制した。

「神守様、浅草弾左衛門様に会うことがどのようなことか、お分かりでございますか」

と四郎兵衛が幹次郎を質した。

「正直、それがし、未だその意味を分かっていますまい。車のお頭の口利きゆえ弾左衛門様は面会を許されたのでございましょう」

幹次郎の言葉に言葉では応ぜず、四郎兵衛は首を横に振った。

「私はな、神守幹次郎様が公方《くぼう》様、徳川家斉様と面会したとしてもこれほどの驚きは感じますまい」

「四郎兵衛様、家斉様とのお目見えなどあり得ぬ話です」

幹次郎の返答に、

「あり得ますまい」

と四郎兵衛が応え、

「浅草弾左衛門様と面会したことはそれ以上の驚きでございますよ」

と言い足した。

このとき、幹次郎は決して超えてはならぬ則《のり》を超えてしまった、と改めて思った。

幹次郎は車善七に連れられて入った界隈に短冊形の土地があること、その土地は、えた、非人、猿飼の三身分を支配する弾左衛門と一族の、

「囲内《かこいうち》」

であることを知ることになった。

弾左衛門の勢力圏は、関八州は言うに及ばず、伊豆国《いずのくに》、駿河国《するがのくに》、甲斐国《かいのくに》、陸奥国の一部に及んでいた。

車善七に連れられて「囲内」に入った瞬間、幹次郎はぴりぴりと緊張した空気が流れていることを意識させられた。おそらく江戸城に入った緊張とは異なるだろう。違う規律がここにはあった。

幹次郎は驚きのなかで、短冊形に延びる道の奥、「御役所」に通された。そこが江戸城でいえば表と中奥《なかおく》をいっしょにしたような場、弾左衛門の役所であることを幹次郎は感じた。

弾左衛門は、車善七に連れられてきた神守幹次郎を黙したまま見ていた。

車善七も幹次郎をあえて紹介しようとはしなかった。

長い沈黙のときが流れ、

「神守幹次郎様、よう『囲内』に参られた」

と弾左衛門が歓迎の弁を述べた。

幹次郎は深々と平伏した。

「神守様、そなたと私は主従ではなし、対等の関わりにございます。頭を上げてくだされ」

「お言葉をお返ししてようございますか」

「神守様が四郎兵衛様に接するようにいつも通りなされ」

「お許しゆえ申し上げます。それがし、吉原会所の厚意にて裏同心なる曖昧な身分に生きておる者にございます」

「重々承知です。裏同心どのがこれまでにどのような仕事をされてきたかも逐一《ちくいち》知っております」

幹次郎はもはや言葉を返すことができなかった。

「吉原は、そなた様夫婦を雇い、新たなる力を得た。なんとも不思議なご夫婦にございますな」

と弾左衛門は言った。

幹次郎はふと、弾左衛門が若いのか齢《よわい》を重ねているのか見分けがつかぬことに気づかされた。なんでも見通している冷徹にして明晰な眼差しだけが幹次郎を見ていた。

「弾左衛門様、それがしがこちらに参ったわけをすでにご存じでございますな」

「承知です」

弾左衛門の明確な返答に幹次郎も、

「お力をお借りできますので」

と直截に訊いた。

「車善七が神守様、そなたを伴ったということは、われらはすでに手を結んだということです。吉原のためだけではのうて、また浅草溜のみならず、われらのためにそなたは命を張ってくださるのです。私どもが軍夫を出すのは当然でございます」

この言葉に、

「はっ」

と畏まった幹次郎は、

「弾左衛門様のお言葉に勇気づけられました。失態は決して致しませぬ」

「今宵の指揮は神守幹次郎様にお預け致します。うちの軍夫五十人を自在に使いなされ」

「畏まりました」

「増上慢の成り上がり者の始末、お願い申しますぞ」

幹次郎はただ弾左衛門に頭を下げて、

「命」

を承った。

幹次郎は四郎兵衛の表情に、己に課された、

「則」

を超えたと承知していた。浅草弾左衛門に頼ること、四郎兵衛に許しを請うべきであった。だが、車善七が案内方を務める以上、そのような余裕はなかったこともたしかだった。

「神守様、事が終わったらお話し致しましょうかな」

「はい」

と短く答えた幹次郎は、

「大門を出る前に会《お》うていきたい者がおります。ようございますか」

と許しを請うた。

「桜季とそれに関わる山屋、初音でございますな」

「はい」

「神守様のお気持ち通りに」

四郎兵衛が最後の許しを幹次郎に与えた。

黙礼した幹次郎は会所の裏口から蜘蛛道に出て、まず豆腐屋の山屋に向かった。

そこでは山屋の夫婦に若い衆の勝造と桜季が明日の仕度をしていた。

「ああ、神守様」

と桜季が幹次郎に声をかけた。その手は冷たい水にさらされていたが、顔には前には見られなかった明るさと生気《せいき》があった。

「手習い塾に行ったと聞いた。どうだな、通えそうか」

「はい」

と短く答えた桜季は、

「どんなことがあろうと頑張り抜きます」

と言い添えた。

幹次郎はその返事に頷き、山屋の三人に礼を述べる代わりに一礼し、蜘蛛道の奥へと進んだ。その姿を見送ったおなつが、文六、勝造、それに桜季に、

「いつもの神守の旦那と様子が違わないかえ」

と訊いたが、だれも答えられなかった。

幹次郎は西河岸の局見世に初音を訪ねた。客はいない様子で、

「おや、ひとりで見廻りかね」

「ただ今、桜季と会ってきた」

「手習い塾は気に入ったようだよ。桜季が西河岸を去るのも近いかね」

「さあてな、あとは本人次第じゃな」

と答えた幹次郎は西河岸から吉原会所の裏手に出て、大門に立つ小頭の長吉らに、

「今宵はこれにて失礼する」

と挨拶を残して五十間道を通っていった。そこへ仙右衛門や澄乃が見廻りから戻ってきて、

「神守様、出かけたか」

「へえ、なんだかいつもと様子が違うようだぜ。なにがあったんだ、番方」

と長吉が尋ねた。

「神守幹次郎様の行動を考えても詮《せん》ないことだぜ。わっしらとは違う目で吉原を見ていなさるからな」

と仙右衛門が言い、澄乃がただ遠ざかる神守幹次郎の背を、黙したまま目で追っていた。

幹次郎が柘榴の家に戻ったのは五つ半過ぎだった。

すでに汀女は戻っており、夕餉の仕度も整えられていた。

麻が幹次郎の帰ってきた様子を察し、うすずみ庵から姿を見せた。その足元には黒介が纏《まと》わりついていた。

「幹どの、ご苦労にございます」

「これがそれがしの務めでな」

と応じた幹次郎に、

「燗をつけます」

とおあきが言った。

「一杯だけ頂戴しよう」

囲炉裏端の上席に座った幹次郎が三人の女たちに言った。

汀女が黙って幹次郎の顔色を窺い、麻が、

「おや、どうかなされましたか」

「今晩、御用が残っておるのだ」

と幹次郎は答え、膳の上の猪口を手にした。

おあきが燗をつけたちろりを汀女に渡して部屋に下がった。

ちろりを手にした汀女が幹次郎の猪口を満たした。代わる代わるに酒を注ぎ合った三人が猪口を上げて、口を付けた。

幹次郎は猪口の酒を三度に分けて喉に落とし、空になった猪口を膳に置いた。

「幹どの、なんぞ格別な御用でございますか」

麻が尋ねた。

「今宵はそれがしが出たら、しっかりと戸締まりをして休むのだ」

幹次郎は柘榴の家に公用人目付の手が伸びることを考えてそう言った。そして、おそらく四郎兵衛も、柘榴の家の周りに若い衆を置くように手配するだろうと思った。

「案ずるな、これが」

「務めと申されますか」

と麻が幹次郎の言葉を奪った。

幹次郎は頷いた。

「幹どのは四郎兵衛会所の仕事に命を懸けておられます」

「それ以外策はあるか、麻」

「さあ、麻には分かりません」

「金子が動く吉原には常に、庄司甚右衛門《しょうじじんえもん》様以来、命を張って守られてきた仕来たりがある。その仕来たりを守るひとりがそれがしだと思うておる」

と応えた幹次郎が、

「本日、浅草弾左衛門様にお目にかかった。口利きは車善七のお頭であった」

と不意に話柄を変えた。

「浅草弾左衛門様に幹どのが会われた」

汀女が驚きの顔を見せた。

「それがし、弾左衛門様との面会を四郎兵衛様にお断わりする暇がなかった。むろんこちらに帰ってくる前にすべてを告げた」

「弾左衛門様との面会、今晩の幹どののお出かけと関わりがございますので」

「姉様、ある。あるゆえにお目にかかった」

「さようでしたか」

汀女が応じて沈思し、質した。

「幹どの、四郎兵衛様はお許しもなく幹どのが浅草弾左衛門様にお目にかかったことをお怒りでございましたか」

「驚いておられた。それがしが公方様にお目にかかったと聞かされるより、驚いたと申されておった」

汀女が得心したように頷き、

「それで幹どのは、この今晩の一件を最後の御用にしようと覚悟なされましたか」

とさらに質した。

「そう、四郎兵衛様と話し合《お》うた」

汀女も麻も黙り込んだ。

長い沈黙のあと、

「幹どの、麻と私はどのようなところへも幹どのに従って参ります。そうですね、麻」

と汀女が言い、最後は麻に質した。

「この柘榴の家を、うすずみ庵を出ることになりますか。ならば、幹どのと姉上に従いまする」

と厳然《げんぜん》と答えた。

「相分かった。ふたりの言葉を聞いて心置きなく戦える」

幹次郎は自らおひつを引き寄せ、茶碗にめしをついで夕餉を食した。幹次郎の遅い夕餉は直ぐに終わった。

胃の腑《ふ》に消化せぬ食いものを残しておきたくなかったからだ。

「よいか、姉様、麻。それがしは必ずこの家に一度は戻って参る。そのときを待ってくれぬか」

と言い残した幹次郎は、本日差していた佐伯則重から、豊後岡藩を出た折りに持ってきた、先祖が戦場で斃した敵方の武将の腰から奪ってきたと言い伝えられる無銘の剣、刃渡り二尺七寸（約八十二センチ）に替えた。

幹次郎と汀女は、すべてこの一剣を頼りにこれまで生きてこられたのだ。ならば、今晩の戦いも無銘の長剣に託そうと考えたのだ。

玄関に出ると、汀女と麻が待っていた。

「行って参る」

幹次郎は、汀女にいま一度言葉をかけた。

「麻、門前まで見送りなされ」

汀女に命じられて麻が草履を履いた。

雪洞《ぼんぼり》の灯りが照らす飛び石道を門まで麻が送ってきた。

「幹どの、最前申されたこと、真でございましょうか」

「そなたがどう受け止めたか知らぬ。じゃが、それがしの主は、四郎兵衛様おひとりである。いささか四郎兵衛様の信頼を得ていたと思い違いしていたゆえ、それがし、大きな間違いを犯したのだ」

「お考え違いということはございませんか」

「それはあるまい。四郎兵衛様も今晩のことが終わった折りに、と申された」

「幹どのが会所にいない吉原は寂しゅうなりますね」

「番方たちが守ってくれよう」

幹次郎の言葉に頷いた麻が無銘の剣を腰に差し落とす幹次郎の手に触れた。

「幹どの、姉上と麻のために戻ってきてくだされ」

「必ず戻る。そのあとのことは、明日考えようではないか」

「幹どのと姉上の参られるところへ麻は従います」

「それでよい」

幹次郎は麻の手を放しながら、片手で麻の背に触れた。が、それは一瞬で、門を開けると木枯らしが吹く寺町の通りから浅草寺に向かって歩き出した。

「御武運をお祈りします」

背にその声が届いた。

麻が門内に立ち尽くしていることを幹次郎は思いながら、今晩の戦いに気持ちを切り替えた。

第五章　影同士の戦い

一

幹次郎が浅草寺の脇門、随身門を潜ったとき、黒い影が幹次郎と肩を並べてきた。

貧乏徳利を提げた身代わりの左吉だ。

ふたりが言葉を交わすことはなかった。ただひたすら浅草寺本堂から仲見世の参道を通って雷御門を潜ると広小路を西に向かい、鉤の手に曲がって新寺町通りに出た。この道は下谷山崎町の津島傳兵衛道場に通う道だ。

幹次郎には慣れた道だ。

新寺町通りの一寺広徳寺《こうとくじ》で南に折れた。御書院《ごしょいん》与力同心の大縄地《おおなわち》を抜けて黙々と南に向かうと、筑後柳川藩の立花家上屋敷に辿り着いた。

今晩の狙い、老中松平定信の公用人目付と称して吉原の引手茶屋蔦屋を強引に譲り受けた坂寄儀三郎の屋敷はもはや目の前だ。

幹次郎と左吉の歩みは変わらない。するともうひとり、人影が加わった。南町定町廻り同心桑平市松だ。

「多勢に無勢じゃのう」

と桑平が覚悟を決めた体で言った。

「そうなるか」

幹次郎が応えた。

三人が坂寄邸の門前に立ったとき、塀に一本の梯子が掛けてあった。

「わっしが通用門を開けますでな」

と言い残した身代わりの左吉が貧乏徳利を首に提げ、梯子に手を掛けると、身軽に梯子を上って坂寄邸の築地塀《ついじべい》を乗り越え姿を消した。

しばし間があって、通用門が開き、幹次郎と桑平同心のふたりが敷地の中に入った。左吉の手にはもはや貧乏徳利はなかった。

坂寄邸は森閑《しんかん》として眠りに就いているように思えた。だが、幹次郎はすでに坂寄邸の武闘集団が戦いの仕度をして待ち受けていることに気づいていた。

「どうやらわれら、死地に飛び込んだらしい」

桑平が呟いた。

「命を捨てる覚悟ならば、活路も開かれましょう」

「さすがに吉原会所の裏同心どの、修羅場を潜った数が木っ端《こっぱ》役人とは違うとみえて、肚《はら》の括《くく》り方が違うわ」

「桑平どの、人はだれもが一度は死ぬ」

式台《しきだい》前にあった篝火《かがりび》が不意に点《とも》された。

身代わりの左吉がどこから探してきたか、松明《たいまつ》を手にして立っていた。

しばし篝火が燃え上がるのを確かめていた左吉が、松明を手に幹次郎と桑平のところに歩み寄ってきた。するとぬれぬれと光る式台に人影が立った。

山富用人だ。

「おぬしら、死にに参ったか」

幹次郎ら三人は答えない。しばし沈黙の間があって、

「三途《さんず》の川を渡るには名があったほうがよさそうじゃ。山富とやら、名はなんと申したか」

と幹次郎が低声で質した。

するど、山富が声もなく笑い、

「三途の川を渡るのは、そなたら三人と思うたが」

と幹次郎らに言った。そして、

「左吉とやら、これまでどこへ隠れておった。懐に書付を持っておるならば、おまえの命だけは助けんではない」

「悪い話ではございませんね。だがね、山富の旦那。ありゃ、おめえらをのさばらせないためにさるお方に預けてございます。わっしら三人のうちひとりでも欠けたときは、公儀のお役所に届く仕度を整えて、こちらに乗り込んできましたのさ」

松明を手にした左吉が淡々とした口調で言った。

「まあ、それならそれでやりようはある」

と応じた山富が幹次郎に視線を向け直した。

「吉原会所の裏同心、神守幹次郎だったな。それがしは山富宗司継胤。もはやそなたら三人はこの敷地から歩いては出られぬわ」

「歩いて出られるか出られぬか、試してみねばなるまいて」

幹次郎の返答に山富が忍び笑いをした。

ふたたび左吉が口を開いた。

「山富さんよ、わっしの塒を好き放題に荒らしてくれたな。わっしが牢屋敷に長年身代わりとしてしゃがんできた代償に得た蔵座敷でしてな、貯め込んだ金子も奪い取っていったようだ。そのうえ、わっしに口利きをした旅籠坂口屋の番頭七兵衛も、わっしを身代わりに立てた薬種問屋の久松屋嘉兵衛もあっさりと口を塞がれて、すでに三途の川を渡っちまった。牢屋敷に三月も四月もしゃがんだ結果がこのざまだ。わっしから奪った金子で吉原の引手茶屋蔦屋を買ったかえ、未だ名義は換わってないと神守様に聞いたがね」

「よう調べたな。左吉とやら褒めてとらす」

「おめえさんに褒められても嬉しくも有難くもねえ。わっしは頬べたを張り飛ばされたら、倍にして返すのがやり方でね」

と左吉が応え、桑平市松が、

「山富宗司とやら、一条寺鬼角とか名乗る狂犬に、侍を辻斬りに見せかけて殺させたは、その侍の主に警告を発するためか。城中でおめえの主の公用人目付坂寄儀三郎の言動をよからぬと考えた忠義の方々を、辻斬りに見せかけた殺しで強引に黙らせたか」

桑平はこの場で殺された者の主の名こそ出さなかったが、調べて確信を得た上で追及していた。

「ほう、月番でもない南町の定町廻り同心風情が城中のことに首を突っ込むか」

「縄張り違いと言われるか。だが、身代わりの左吉の住まいに押し入り、金子を奪ったとあれば、町方同心がしゃしゃり出てきてもなんの文句もあるまい」

と桑平が応じた。

「さあて、そなたらの始末、どうしたものか」

と山富宗司が嘯《うそぶ》いた。

その言葉に応えるように、左吉が手にしていた松明を式台にひょいと投げた。

すると、松明の火が式台の上で、

ぱあっ

と燃え上がった。

幹次郎は左吉が手にしていた貧乏徳利の中には菜種油《なたねあぶら》が入っていたのかと気づかされた。それを式台の端から板壁へと撒《ま》いていたのだ。そこへ松明を投げたのだ、当然火の手が一気に上がった。

「な、なにを致す」

燃え上がる焔を避けようと動揺する山富宗司に、

「だからさ、言ったよな、おりゃ、倍返しをするってよ」

と左吉が言い返した。

屋敷のあちらこちらから、手槍やら薙刀《なぎなた》やらで武装した面々が飛び出してきた。その数、三十人は超えていた。

燃え上がる式台の奥で山富宗司が喚《わめ》いた。

「吉原会所は、すでにわれらの手中にある。裏同心とやら、もはやおまえが帰る場所はない。公用人目付坂寄様の屋敷に火をつけた罪重し、おまえは命をもって償《つぐな》うのだ」

「とうとう本音を出しおったな。そなたら、吉原を金の稼ぎ場所と心得ておるようだが、勘違いも甚だしい。吉原は遊女やそれを支える人々が暮らす地でな、幕府の役職にもなき公用人目付の坂寄儀三郎やら辻斬り風情の一条寺鬼角やらが支配する場ではないわ」

幹次郎の返答に三十数人の武闘団がそれぞれ得物《えもの》を構えた。

「相手はたったの三人だ、押し包んで殺せ」

武闘団の頭分が命を下した。

「おおー」

と叫んだ武闘団が動こうとした直前、篝火をかすめて一筋の短矢が飛んで式台の焰の陰に立つ山富宗司の胸に突き立った。

「な、なにが」

よろめく山富の翳《かす》む目に、長屋門《ながやもん》の屋根や塀の上にいる忍び装束《しょうぞく》の軍夫五十人が見えた。なかには短弓を手にしている者もいた。

「な、な、何者か」

山富が弱々しい声で誰何すると、前のめりに焰の中に斃れ込んでいった。

「さあて、こちらの戦いは忍び装束の面々に任せようか」

幹次郎は桑平市松と左吉に告げると、焰を上げる式台に飛び込んでいった。

桑平と左吉が続いた。

焰を抜けたところで桑平が幹次郎に尋ねた。

「神守どの、吉原会所はこのような軍勢を隠し持っておるのか」

桑平市松の声に驚きがあった。

「吉原会所にあのような軍勢がおるものか」

「ならば、どこから連れてきた」

「桑平どの、そのようなことを詮議《せんぎ》している場合ではあるまいて。われらが始末すべき御仁が奥で待ってござろうでな」

幹次郎が無銘ながら二尺七寸の大業物《おおわざもの》の鯉口を切った。

「よし、このことはあとで質す」

桑平市松も腰の後ろから捕物用の長十手《ながじって》を抜いた。

左吉だけが素手に見えた。

「わくわくしてきましたぜ。ここんとこ、鬱々《うつうつ》としたことが続いておりましたからな」

左吉が懐から奇妙な得物を取り出した。

廊下の行灯の光に見ると、先が鋭利《えいり》な火箸《ひばし》に見えた。

「ほう、身代わりの左吉どのの得物は火箸にございますか」

幹次郎が尋ねると、にやり、と笑った左吉が、

「意外と使い勝手がようございましてね」

と言い、

「こいつを懐に入れていたからって町奉行所の役人にとっ捕まることもない」

と桑平市松を見ながら笑い、

「勝手にせえ」

と桑平が受けた。

三人は森閑とした屋敷の奥へと進んだ。

中庭には大きな岩を組んだ滝が設えられていた。

不忍池から流れる忍川の水を利用したか、井戸を掘って地下水をくみ上げているのか、いずれにしてもなかなかの造園だ。札差や両替商などに借財で首根っこを押さえ込まれている直参旗本ができる普請ではない。

公用人目付は幕閣の者たちの弱みを握って、長崎奉行など稼ぎのよい役職を勤め上げた旗本から金を巻き上げたか。

庭を囲む立派な造りの回廊に、数人の武術家が待ち構えていた。

「桑平どの、ここは任せよ」

と幹次郎が言い、前に出た。

待ち構えた相手のうち、ふたりが庭に飛び下りた。

すると心得た桑平がそのふたりに向かった。

左吉だけが幹次郎の背後を固めていた。

幹次郎は進みゆく回廊の右手の襖《ふすま》から放たれる殺気を感じると、歩みを止め、すでに鯉口を切っていた業物を抜き放った。

幹次郎が足音をさせずに足の運びを止めたために、槍の穂先が体の前に突き出された。と同時に一閃《いっせん》した刀が槍のけら首を叩き切っていた。そして、切った柄を片手で摑むと幹次郎は強引に回廊に引き出した。そうしておいて槍の柄を構えた者の首筋を、
ぱあっ
と薙ぐと、悲鳴を上げた相手から血しぶきが上がった。

桑平市松は、ふたりを相手に長十手で戦っていた。

その相手のひとりに左吉が手にしていた火箸をなげうつと、見事に相手の胸に火箸が突き立った。これで桑平はひとりを相手にすればよくなった。

幹次郎は斃れた相手の体を飛び越えながら、穂先がない槍の柄を摑んでいた。右手に黒柄の槍と左手に業物を持ち、幹次郎はぐいぐいと回廊を進んだ。

すると前方に痩身の一条寺鬼角がひっそりと立っていた。

幹次郎は足を止めた。

間合は七、八間（約十三〜十五メートル）か。

「一条寺鬼角とやら、年貢の納めどきだ」

幹次郎の挑発には答えず、一条寺は右足を回廊の端に置いて腰を沈めた。得意の抜き打ちで、幹次郎を仕留める気であろう。

幹次郎は右手に持っていた黒塗りの槍の柄を体の前に立て、ゆっくりと間合を詰めた。

間合が縮まり、生死の境に入った。

一条寺鬼角としては槍の柄が立てられているので、間合を計りかねた。

「辻斬りでは居合の技で斬り斃したな。そなた、不意打ちでしか相手を仕留められぬか」

幹次郎はそう言うと、右手に保持して立てていた槍の柄を一条寺に向かって倒した。

一条寺は踏み込んでくる幹次郎に抜き打ちを放つかどうか一瞬迷った。自分に向かって倒れ込んでくる槍の柄を意識したからだ。

その間に幹次郎は左手の刀に右手を添えて中段に構え、最後の一歩を踏み込んだ。

黒塗りの槍の柄が一条寺に向かって倒れていった。それに構わず一条寺も踏み込みつつ、腰の一剣を抜き打った。

幹次郎も両手に保持した無銘の剣を、踏み込んでくる一条寺鬼角の喉元に、

ぐいっ

と突き出した。

死を覚悟した際、津島傳兵衛道場で学んだ一撃だった。

一条寺の抜き打ちと幹次郎の中段から伸ばされた喉元への突きが交差した。だが、一条寺は槍の柄が倒れ込むことに気を取られた分だけ、幹次郎の死を覚悟した突きに対して寸毫《すんごう》の遅れが生じた。

ぱあっ

と喉元に幹次郎の一撃が走った。

痩身が立ち竦み、そのあと、ゆらりと揺れた。

幹次郎は、

(生き残った)

と思った。

一条寺鬼角の痩身が、横倒しに回廊から庭へと転がり落ちていった。

ちらり

と痙攣《けいれん》する一条寺の体に目を向けた幹次郎は、血刀《ちがたな》を下げて回廊の先へと進んだ。

離れ屋に灯りが点った。

幹次郎は飛び石伝いに離れ屋へと飛び込んだ。

襖を開けると寝床に太った初老の男が渡来《とらい》ものの南蛮短筒《なんばんたんづつ》を構えて座っていた。その傍らには緋縮緬《ひぢりめん》の長襦袢《ながじゆばん》を着た若い女が身を震わしていた。

幹次郎は黙って初老の男を見た。

「公儀の職階にもなき公用人目付などと名乗り、ご改革を進める老中の名を借りて、好き放題に手を広げてきた所業も本日までと思え」

「吉原会所の裏同心なる者をちと甘くみ過ぎたか」

としわがれ声が言った。

「女、この屋敷から急ぎ立ち去れ」

と幹次郎は寝床の上で震える女に命じると、

「坂寄儀三郎、覚悟せよ」

幹次郎が血刀を突き出すと同時に、坂寄儀三郎が構えた南蛮短筒の引き金に指を掛けながら、

「裏同心、おまえを道連れにしてやろうか」

と言った直後、幹次郎の体の脇を火箸が飛んで坂寄の胸に突き立った。

身代わりの左吉が最後の火箸をなげうったのだ。

うっ
と呻く坂寄の首筋に幹次郎の刃がとどめを刺した。

「助かった、左吉どの」

と幹次郎が言ったとき、玄関前の闘争のケリがついたか、短い喚声《かんせい》が湧き、焔が屋敷の屋根を突き抜けて燃え上がった気配がした。

「神守どの、われらも逃げ出すぜ。おぬしの隠れ軍勢もすでに消えてやがる。ありゃ、何者だな」

と桑平市松が庭から呼んだ。

「桑平どの、幻を見られたか」

「なに、幻じゃと。それにしてはこの屋敷の武闘団の面々がひとり残らず斃されておるぞ。それでも幻と言うか」

「ああ、夜の闇は人の目に幻を映すものよ」

と幹次郎が言い、しばし考えに落ちた桑平に、

「屋敷を丸ごと燃やしたほうが城中のどなた様かが喜ばれようか」

「ああ、そなたの詐術《さじゅつ》、とても町方同心の考えでは理解つかぬわ」

と桑平が諦めたように呟いた。

「詐術ではありませんぞ、夢幻の類《たぐい》です」

と幹次郎が応え、

「この屋敷を丸ごと燃やすとなると、わっしの書付も使えなくなりましたな、神守様」

と言った左吉が、懐から出した書付を坂寄が斃れた座敷の行灯の灯りにくべた。

「無念に思われるのは北町奉行の初鹿野様か」

「まあ、そのようなところかのう」

と幹次郎が言い、三人は猛煙が上がり始めた屋敷の外へと裏口から出た。すると筑波おろしが吹きつけて、火消したちが駆けつけてくる気配がした。

二

翌日、昼ごろに幹次郎は、見返り柳から五十間道へと曲がろうとしたが向きを変え、三ノ輪《みのわ》の方角に歩いていった。すると土手八丁から急に人影が消えた。この界隈は、吉原で成り立っていた。客であれ、出入りの商人であれ、大半が吉原を訪ねるために衣紋坂を下っていく。ために人の数が急に減ったのだ。

この朝、幹次郎は朝湯に行って体に染みついた血の臭いを丁寧に洗い流した。すると、釜場のほうから仔犬の鳴き声が聞こえてきた。隣にいた職人風の男が、

「湯屋の牝犬が仔犬を四匹産んだんですよ、つい十日前にね」

と言った。

幹次郎は朝湯に浸かるとき、時折り犬の吠え声を聞いていたが、仔犬の声は初めて聞いた。

「父親はだれだな」

「さあてね、放し飼いだからね、父親がだれだなんて分かりませんや」

そんなやり取りを交わしながら朝湯で戦いの緊張を和《やわ》らげた。

幹次郎は半丁ほど歩いたところに荷船が泊まっているのに目をやった。その船に見知った顔がいた。

読売屋と出版元を兼ねた商いをする門松屋の主壱之助だ。

土手を下りた幹次郎は荷船に飛び乗った。筵《むしろ》で包まれた荷がいくつか積まれていた。

「船頭《せんどう》は四半刻ほど留守をしておりましてね」

と壱之助が言った。

幹次郎は荷のひとつに腰を下ろした。

「それがしを待っていた顔つきじゃが、なにか用事かな」

幹次郎の顔を反対に見返した壱之助が、

「えらくど派手な趣向でございましたな」

と言った。

「なんの話かな」

壱之助はしばし間を置いて、

「わっしと神守様の間には、他人には悟られてはならない了解があると考えておりますがね」

「さような約定をした覚えはないがのう。なにか勘違いをしておらぬか」

ふうっ

と息を吐いた壱之助が、

「昨夜の火事でございますよ」

「なに、火事じゃと。木枯らしが吹く夜に火事があったか。どこでだ」

と幹次郎が質した。

壱之助がまた沈黙して、

「昨晩はどこにおられましたな」

「あの風じゃ。早々に家に戻り、女房や妹らと夕餉を食し、いつもより早めに床に就いたな」

「ならば竹門《たけもん》の火事はご存じないので」

「竹門とはどこだな」

「そこまで申されますか。不忍池から流れ出る忍川が筑後柳川藩の上屋敷の塀にぶつかって南に曲がります。忍川はそこで塀沿いにこんどは東に流れを変えるのですが、その界隈を『竹門』と土地の者は呼びますので」

「柳川藩の江戸藩邸から火事が出たか」

「いえ、その隣家の公用人目付坂寄儀三郎って野郎の屋敷がそっくり焼失したんでさ」

「立花藩や隣屋敷には燃え移らなかったのだな」

「へえ」

「それはよかった」

また壱之助は黙り込み、

「神守様、坂寄邸が燃えたには曰くがございましょう」

「曰くとはなんだな」

「この坂寄、吉原の引手茶屋喜多川蔦屋を買い取って家来のひとりを後釜に据え、後々吉原会所を乗っ取ろうと策していた人物ですぜ」

「なにっ、さような不埒《ふらち》なことを考えおったか。で、その者、どうなったな」

「真にご存じないので」

幹次郎は首を縦に振り、知らぬと答えた。

「火事場から、主を頭に家臣ども数十人が焼け死んだ骸《むくろ》が見つかったそうな。わっしは朝から竹門界隈にいて、火事場を見てきましたのでとくと承知でございますよ」

「大変な出来事じゃな、失火《しっか》かのう」

「それが」

と途中で言葉を途絶えさせた壱之助は、

「どうやら神守様を問い質したところでなにもお答えにならぬようですね」

「答えようにもなにも知らんでな」

幹次郎は用事は済んだとばかりに荷船から立ち上がった。

「最前、公儀が早々に結論を出したのですよ。まだお調べが始まった段階でございますよ。火事は不始末による失火であり、屋敷の不用心が原因だとね。ともかく坂寄家の一族郎党《ろうとう》焼死ということもあり、早々に蓋《ふた》をなさるようですぜ。わっしも長いこと読売屋をやっていますが、かように早い判断が出たのは初めてのことですよ」

「…………」

幹次郎は黙っていた。

「公儀の中にも公用人目付を勝手に名乗って城中で力を振るった坂寄の死でほっとなされる方々が大勢おられましょう。城から伝わってきた風聞《ふうぶん》ですがね、これで松平定信様が主導なさる『ご改革』は頓挫《とんざ》し、松平様自らの地位も危うくなるのでは、との観測が流れております」

「公用人目付などという怪しげな者の一族の火事がそこまで幕府を、いや、松平様の『ご改革』を揺るがすか」

「松平様が、公用人目付の坂寄の行動を見て見ぬふりをして、その力を利してこられましたのは城中で周知のことですからな」

「さような見方もあるか」

と幹次郎は答えると、荷船から土手に跳《と》んだ。

「神守様、これで吉原会所の頭取四郎兵衛様は安泰《あんたい》ではございませんかな」

「坂寄なる公用人目付の死は吉原に関わりがあるかのう」

「わっしの耳には、南北両町奉行が七代目を呼んで頭取を辞するように遠回しに命じたって話が伝わってきておるのですがな」

「門松屋壱之助、それがしは吉原会所の一介の臨時雇いに過ぎぬ。いつなんどき首を切られても致し方なき身分だ。そのような話には関知しておらぬで分からぬ」

「そう聞いておきましょうか」

「ともあれ、これから七代目にお会いするが、公用人目付の坂寄家の火事騒ぎと焼死騒ぎが吉原にどう関わるか見当もつかぬな」

と幹次郎は言い残すと土手道へと上がった。

壱之助はその背中を黙って見送った。

幹次郎が五十間道を下っていくと、面番所隠密廻り同心村崎季光が大門の内側でうろうろと歩いていた。

「遅いではないか」

幹次郎の姿を認めた村崎同心が幹次郎の袖を引っ張ると、面番所の前に連れていった。

「おい、大変なことが起こった。過日の、吉原会所を大改革する話は立ち消えだ」

「なんの話でございますな」

「なんだ、そのほうはそんな大事なことも知らぬのか。昨夜のことだ。城中で絶大なる力を振るっておられた公用人目付坂寄儀三郎様の屋敷が燃えて一族郎党全員が焼死したそうじゃ。わしが頼りにしていた山富用人も死なれたそうでな、わしはどうなるのかのう」

「村崎どのは、山富用人どのと知り合いでしたか」

「おお、わしは面番所を辞して吉原会所に勤め替えをするよう山富用人に勧められておったのだ」

「いくらこのご時世とは申せ、さようなことがあろうはずはございませんな。村崎どの、滅多なことを口になさると、面番所奉公も失うことになりますぞ。うーむ、そうじゃ、どうやら村崎どのは夢を見られたようですな。夢の話は目覚めれば消えていくもの、忘れなされ」

幹次郎の言葉に村崎同心が考え込んで、

「忘れたほうがよいか」

と真剣な顔で尋ねた。

「それがようございます。そして、しばらくは大人しく面番所勤めをなさることです」

「あ、相分かった」

村崎同心が面番所にこそこそと入っていった。

幹次郎はその背を見送って、会所の腰高障子に手を掛けた。すると中から戸が引き開けられて、澄乃が昼見世の見廻りにでも行く気配だった。

「七代目はおられるかな」

紋付羽織袴姿の幹次郎を不思議そうな顔で見た澄乃が言った。

「いえ、朝からお留守でございます」

頷いた幹次郎は、

「見廻りか。ならばそれがしも同行しよう」

と澄乃といっしょに昼見世の見廻りに出ることにした。

しばし無言で歩いていた澄乃が、

「神守様、七代目の御用はお済みになりましたか」

「終わった。というよりなにやら立ち消えになったようでな、今朝はゆっくりと朝寝をして出てきたところだ。吉原に変わったことはあったか」

と話柄を変えた。

「大した話はございません。ああ、伏見町の小見世で居続けをして遊び代を払わなかった客がおりましたね」

「室町の備前屋の若旦那伊之助ではなかったか」

「はい。あの者が三浦屋に登楼しようとして、遣手のおかねさんにこっぴどく叱られたそうです。『うちで遊ぶのならば、まずは伏見町の妓楼梅幸楼さんに居続け代を支払って詫びてきなされ』と怒られたあと、伊之助さんは梅幸楼さんに居続けの金子を払いに行き、三浦屋に戻って登楼を改めて願ったところ、おかねさんに、この吉原では二股をかける客は嫌われます、とけんもほろろに断わられて、すごすごと大門を出ていったそうです」

「ほう、さようなことがあったか」

と応じた幹次郎が、

「澄乃、そなた、なかなかの腕前じゃな。三浦屋のおかねさんと組むところなぞは、もはやそれがしの跡継ぎは十分に務まるな」

「神守様、私はおかねさんからこの話を聞いただけです」

と澄乃が平然とした顔で答えた。そして、

「神守様、本日はなにか催しごとでございますか」

「この形か。あとで分かろう」

と幹次郎は答えただけだった。

昼見世はいつも通り始まっていた。

幹次郎と澄乃が会所に戻ると、番方の仙右衛門が、

「奥で七代目がお待ちですぜ」

と幹次郎に言い、

「昼見世の見廻りに出たそうですな」

と質した。

「このところ会所の御用をないがしろにしていたでな、澄乃に従っただけだ」

「ということは七代目の御用は終わりましたか」

「まあ、そんなところだ」

と言い残すと幹次郎は奥に通った。

すると奥座敷に、引手茶屋の喜多川蔦屋の当代伝五郎と隠居の彦六が、ちょうど四郎兵衛に呼ばれたところなのだろう、緊張の顔で腰を下ろしたところだった。

「七代目、お呼びでございますか」

「神守様、話し合いに立ち会ってもらいたい」

四郎兵衛が言い、無言の伝五郎が書付を四郎兵衛の前に差し出した。

「おや、なんでございますな、伝五郎さん」

七代目を睨みつけるように見た伝五郎が、

「引手茶屋の名義人書き換えの書付、名義書換状です。そのためのお呼び出しでございましょうが」

「喜多川蔦屋さんは引手茶屋をおやめになりますので」

「七代目」

と伝五郎が声を荒らげた。

「初めて聞きました。で、どなたが喜多川蔦屋の後釜に名乗りを上げられましたかな。廓内のお方か、あるいは廓の外のお方ですか」

伝五郎が四郎兵衛を睨みつけ、

「見世が人手に渡ることは過日七代目に話しましたな。この神守様も同席しておられた。本日は後釜の方の名をお伝えすることになると思っておりました。公用人目付坂寄儀三郎様の用人山富様が、四百両ぽっちで長年仲之町で商いを続けてきたうちの権利を強奪されました」

「おや、そんなことがありましたかな。歳を取ると物忘れが激しくなりましてな。これでは御用が務まりませんな」

「いかにも」

と、四郎兵衛の言葉に抗弁しかけた伝五郎の膝を彦六が押さえて黙らせた。

「後釜が坂寄様の山富用人と申されましたかな、それはできませんな」

「どういうことです」

「ご存じございませんか」

ふたりが首を横に振った。

「神守様、年寄りの話は回りくどい。私になり代わり、掻い摘んで話をしてくれませんか」

と四郎兵衛が幹次郎に願った。

「とある人に聞いた話でございます。とは申せ、たしかな筋のお方です。それでようございますか」

と幹次郎がその場の三人の顔を見回しながら前置きした。

「それで結構です」

四郎兵衛の言葉に頷いた幹次郎が、

「昨夜のことでございます。伝五郎さんが名を挙げられた公用人目付坂寄儀三郎様の御屋敷から火が出て、屋敷は全焼致しましたそうな、さりながら隣の柳川藩江戸藩邸などには幸いなことに燃え広がらなかったとか。ええ、不忍池から流れ出る忍川があの界隈を流れておりますでな、水かけが手早く行えた結果にございます」

「なんと」

と伝五郎が呟いた。

「一方、坂寄屋敷は木枯らしのせいもあり、激しく燃え盛って屋敷が全焼したばかりか、一族の者、家臣団の全員が眠り込んでおって、火事に気づくのが遅れたようでございましてな、ひとり残らず亡くなられたそうでございます。それがしが聞いた話はそんなところでございます」

四郎兵衛が幹次郎の言葉に大きく首肯し、

「というわけでしてな、喜多川蔦屋のご隠居」

と彦六を名指しで言った。

「うちに脅しをかけた用人の山富某はどうなされた」

「むろん焼死されたようでございます、ご隠居」

と幹次郎が答えた。

しばし彦六と伝五郎が顔を見合わせた。

「となると七代目、うちは売らずに済んだということか」

「後釜が身罷《みまか》ったとなればそうなりますかな」

四郎兵衛が言い、

「こ、この名義書換状はどうなりますな」

と伝五郎が四郎兵衛に質した。

「すでに山富某から四百両を頂戴し、沽券《こけん》はあちらに渡されましたな」

「は、はい」

「ならばその名義書換状、私が預からせていただきましょう」

「うちはどうなるので」

と彦六が四郎兵衛に尋ねた。

「神守様、山富某が所持する沽券はどうなりましたかな」

四郎兵衛は彦六の問いには答えず、まず幹次郎に尋ねた。

「屋敷じゅうが灰燼《かいじん》に帰したのです。当然沽券も燃えておりましょうな」

「となると、どうなりますので」

彦六の再度の問いに、四郎兵衛は手にしていた名義書換状を火鉢にくべた。

ぼっ
と燃え上がる焔を彦六と伝五郎が黙って見つめた。

「喜多川蔦屋は今まで通りに引手茶屋の商いを続けることになりますな」

「七代目、助かった。この通りじゃ」

と彦六が合掌した。

「ご隠居、わしは未だこの世の者でな。拝まれるにはいささか早い」

こんどはその言葉を聞いた伝五郎が、がばっ、と平伏して、

「私の代で喜多川蔦屋を潰すかと思うと、親父にも先祖にも申し訳が立たなかった。助かりました、七代目」

「伝五郎さん、お頭《つむ》を上げてください。でなければ、相談がしにくい」

「相談と申されますと」

「そなた方は四百両の代わりに山富某に沽券を渡されましたな。その四百両ですが、さる方から山富らが奪い取った金子の一部と思われます。できることなれば、その金子、四郎兵衛とここにおられる神守幹次郎様を信じて、私どもに頂戴できませぬかな。そのお方にお返ししたいのです」

「七代目、喜多川蔦屋を続けられるならばあのような金子は欲しくはなかったのです。直ぐにこちらに届けさせます」

　と彦六が約定した。

「ならば話が成りましたな。よいかな、ご隠居、伝五郎さん。そなた方は山富某と接したことなど金輪際ない。それで宜しいか」

「わ、分かりましたぞ」

　と彦六の顔に喜色があふれ、

「伝五郎、あの金子を直ぐに持ってきなされ。そして、女どもに今まで通りに引手茶屋は続けるゆえ、引っ越しの仕度はやめじゃと伝えなされ」

隠居の命に伝五郎が奥座敷から素早く姿を消した。

三人になった座敷では眼《まなこ》が潤んだ彦六が、

「七代目、あの者たち相手にどんな手妻《てづま》を使われた」

と尋ねた。

四郎兵衛は黙って幹次郎に視線をやった。すると彦六が、

「なに、この絵図面を描いたのは神守様か。このお方には薄墨花魁の落籍といい、驚かされてばかりじゃ」

「ご隠居、私もですよ」

とふたりが言い合った。

三

神守幹次郎は喜多川蔦屋伝五郎が吉原会所に持参した四百両を携えて、大門を出た。そこには面番所隠密廻り同心の村崎季光がいた。

「なんだ、風呂敷包みなんぞをぶら下げてどこへ参る」

「ああ、これですか。包金十六が入っております」

「景気のよい話ではないか。さりながら、失意のそれがしを元気づけようと虚言

を弄するのはやめておけ」

村崎同心は、幹次郎の言葉を真に受けなかった。

「さすがに村崎どの、それがしの嘘など即座に見抜かれましたな。七代目に茶入れを頂戴致しましてな、わが家に持ち帰るところです」

「そなたの家では茶を嗜むか」

「妹の加門麻が茶道を嗜みます、それで茶入れを頂戴したのです」

「茶などどこがよい。畏まって座っておると膝が痛いだけだ。わしを呼ぶ場合は酒席にしてくれぬか」

「考えておきましょう」

「そなたの働き場所はこの廓内、わしだけに働かせるではないぞ」

「夜見世までには戻って参ります」

と村崎同心に言い残した幹次郎は五十間道を進み、途中から浅草田圃へと向かう路地へと曲がった。するとようやく背中に張りついていた村崎同心の視線が消えた。

むろん幹次郎が向かうのは柘榴の家ではない。浅草溜に潜む身代わりの左吉を訪ねるのだ。

左吉は前と同じ二階屋にいた。

本未明、炎上する坂寄邸を逃れた幹次郎、左吉、そして桑平市松の三人は、浅草寺前の広小路まで戻り別れた。

桑平は小梅村で養生をする女房のところに立ち寄るのだろうと、幹次郎は思った。そして、幹次郎は柘榴の家へ、もうしばらく浅草溜に潜んでいたほうがよかろうと、左吉は浅草溜へと戻っていたのだ。

「昨夜は世話になりましたな、神守様」

と挨拶する身代わりの左吉はどことなく顔つきがさばさばしていた。坂寄一派に完膚《かんぷ》なきまでに報復したことで気持ちの整理をつけたのであろう。

「聞かれたな。公儀では公用人目付の坂寄儀三郎などこの世に存在しなかったということで事の決着を図るそうじゃ」

「聞きました。わっしらの行いが幕閣の何人ものお方を喜ばせるとは皮肉なものですな」

「そう申されるな。昨夜のことは左吉どの、すべて忘れることだ。われら三人がいっしょにいたなどということはない」

幹次郎の言葉に左吉が頷いた。

「しばし日にちを置いて車善七どのに願い、浅草弾左衛門様には挨拶に参る。むろん昨夜の一件とは関わりないことでな」

「神守様、そちらはわっし風情が面を出すところじゃない。それは神守様に願おう」

「承知した」

と応じた幹次郎は持参した風呂敷包みを左吉の前に置いた。

なんですね、といった表情を見せた左吉に、

「七代目からの預かり物です。納めてくだされ」

「うむ、七代目からわっしに」

と包みに触れた左吉が、

「包金ではございませんかえ」

と訝しくも驚きの顔をした。

「包金十六、四百両です。蔵座敷を修繕する金子でござろう」

「四郎兵衛様から頂戴する謂れはないが」

左吉が首を捻った。

「それがあるのです」

と幹次郎は喜多川蔦屋の一件を告げた。

「つまり、この金子の出所は坂寄儀三郎の用人山富ですかえ。とはいえ、この四百両がわっしの蔵座敷の隠し金だったとは言い切れますまい」

「左吉どの、小判はだれにとっても小判でござろう。あの蔵座敷を見捨てるには惜しいでな」

しばし沈黙して幹次郎の顔を見ていた左吉が、

「有難く頂戴しますぜ」

「左吉どのが命を張ったのだ。吉原のため、浅草溜のため、浅草弾左衛門様のため、ひいては己のためにな」

「わっしは成り上がり者の行状に憤激して報復しただけでさ」

「桑平どのにもそれがしにも、それぞれ動かざるを得ない曰くがあったということです」

「神守様、四郎兵衛様にお礼を申しておいてくれないか。落ち着いたら直にお礼に伺いますでな」

「相分かりました」

幹次郎は左吉と別れると、浅草溜の通用戸の前で車善七と会った。

「頭、なんともお礼の申しようがない。近々浅草弾左衛門様にお礼に参ります。その折り、お取り次ぎを願えませんか」

「神守様、もはや浅草弾左衛門様を訪ねるのに案内方など要りませんよ。あそこの門番は一度訪ねてきた者の顔は必ず覚えていますでな」

と善七が笑い、

「竹門付近がさっぱりしたようですな。わっしの手下たちが朝から駆り出されて、骸の始末をしております」

「やりっぱなしで申し訳なかった」

幹次郎は詫びた。

「なんでもね、人それぞれの役目がございましてね。『箱根山《はこねやま》、駕籠に乗る人担ぐ人、そのまた草鞋《わらじ》を作る人』でございますよ。わっしは神守様が命を張ってくれたことに感謝こそすれ、詫びを言われる筋合いはございませんや」

とあっさりと言い切った。

幹次郎は会釈を返して浅草溜を出た。そして、ふと考えて柘榴の家に立ち寄ることにした。

浅草田圃を通る道筋に細緻《さいち》な地蔵堂があった。その背後から、くんくんと仔犬の鳴き声が聞こえてきた。

幹次郎が地蔵堂の裏手に回ってみると、仔犬が一匹母親を求めてか、弱々しく鳴いていた。明らかに捨てられた仔犬だった。生後ひと月半と経っていまい。

「おまえ、捨てられたか」

と言いながら幹次郎は迷った。

四郎兵衛との約束で吉原会所の裏同心を辞することになっていた。となれば柘榴の家を出なければならないかもしれなかった。ここで仔犬が増えるのは面倒がひとつ増えることになる。だが、

(仔犬一匹くらい育てられないでどうする)

と考え直した。

幹次郎はこげ茶の毛並みの仔犬を抱き上げた。鼻先が白い仔犬は幹次郎の肌の温もりを感じたか、腕に縋りついてきた。

幹次郎が仔犬を抱いて柘榴の家に戻ってみると、黒介がみゃうみゃう鳴いて昂《こう》奮《ふん》の体で迎えた。

「幹どの、どうされました」

と麻がうすずみ庵から声をかけてきた。そして、おあきまで飛び出してきた。

「あら、かわいい仔犬ね。どうされたのです」

「浅草田圃の地蔵堂の裏に捨てられていたのだ」

「うちで仔犬を飼いますか、賑やかになりますね」

おあきがその気になっていた。

幹次郎が黒介の傍らに下ろしてやると仔犬は母親と勘違いしたか、縋っていった。

「おあき、仔犬が飲めそうなものはないか。喉も渇いていよう、腹も空《す》かしていよう」

そこへ麻が来て仔犬の頭を撫でながら、

「そなたの腹を満たすものね、なにがいいかしら」

と首を捻った。

幹次郎はふと思い出した。

「おお、そうじゃ。聖天横町の湯屋の犬が仔を産んだと聞いた。おあき、仔犬を連れていってみてはどうだ。母親の乳がもらえるやもしれぬでな」

「これから行ってきます」

とおあきが仔犬を抱きかかえると、黒介が鳴きながらおあきの足にすり寄った。

「黒介、少しだけ待っていて。仔犬におっぱいをもらえたらまたこの家に連れて帰ってくるからね」

おあきはそう言うと、柘榴の家から聖天横町の湯屋へと走っていった。

「幹どのは、仔犬をうちで飼われるおつもりですか」

「いや、そうと決まったわけではないがな、つい抱きかかえたら、もはや地蔵堂の裏手に放置できなくなったのだ」

「姉上に願ってわが家に迎えましょうか。黒介は喜んでおりましたよ」

「生き物同士、相手の境遇が分かるのであろうな」

幹次郎の返答に麻が、

「幹どの、この刻限になんぞ家に忘れ物ですか」

と尋ねた。

麻は幹次郎が未明に戻ってきて朝湯に行き、朝餉も食せずに床に就いたことを承知していた。そして、朝と昼を兼ねた食事をとって昼前に吉原会所に出かけたのだ。

いつもの幹次郎と違った雰囲気に麻は声をかけられないでいたのだ。

「忘れ物ではない。ふと思いついたことだ。今宵、澄乃をわが家の夕餉に招きたいのだが、急過ぎるか」

「それはよいお考えです。いえ、仕度ならばおあきが戻ってきたら、私が並木町に参り、姉上と相談して夕餉の膳を考え、買い物をしておきます」

「そうか。ならば今宵、澄乃といっしょに戻ってこよう」

と麻に応じた幹次郎は、

「仔犬を拾いに吉原を出てきたようだな」

と言い残して、この日、二度目になる吉原会所に戻ることにした。

「幹どの、今宵は賑やかでございます」

「ああ、そうなるな」

と麻に答え、土手八丁に出た。

そのとき、幹次郎は先延ばしにせず、浅草弾左衛門に礼を申し述べるべきだと思いついた。吉原会所を去るならば、なるべく早いうちに弾左衛門に挨拶を述べておくのがよかろうと思ったのだ。

土手八丁を少しばかり今戸橋の方角へと戻り、新鳥越橋《しんとりごえばし》で山谷堀を渡った。

弾左衛門の屋敷が近くなると、灯心や皮革を扱う店が軒を連ねていた。

弾左衛門に莫大な収入があるのは、支配下の徴税権と、灯心と皮革を独占的に扱うことを幕府から許されていたからだ。その代償に幕府が必要とする灯心や皮革をすべて浅草弾左衛門が貢納《こうのう》した。また刑場の下働きなどを弾左衛門の支配下の者が行っていた。本未明、働いた軍夫はこのような刑場勤めの者たちだった。

弾左衛門屋敷の門番は、昨日、車善七に伴われてきた幹次郎の顔を覚えていて、奥へと取り次いでくれた。

しばらく待たされた幹次郎は二日続けて弾左衛門との面会を許された。昨日と同じ座敷だった。

幹次郎が言葉を発しようとしたとき、

「おお、参られたか。最前まで四郎兵衛様がな、お礼に見えておられました」

と言った。

幹次郎は四郎兵衛に先手を取られたと思った。

「なんと、七代目がお礼言上においででしたか。それがしは余計でございましたな」

「なんのなんの、七代目はそなたを頼りにしておられますぞ」

幹次郎はなんの言葉も発せられなかった。幹次郎が動く前に四郎兵衛が手を尽くしていたのだ。

「神守様、そなた様のお手並、うちの軍夫どもも感嘆しておりましたぞ。吉原会所はよいお方をお雇いなされた」

幹次郎はただ頷いた。

「どうかなされましたかな」

弾左衛門が幹次郎の愁い顔に気づき、尋ねた。

「いえ、それがし、七代目の寵愛をよいことについ差し出がましいことを繰り返してきました。こたびの一件も弾左衛門様に面会をする前に四郎兵衛様に相談すべきでした」

「昨日の一件は車善七の判断でもございましょう。また一刻を争う出来事ゆえ、神守様は私と面会をなされた。その結果、成り上がり者の一族が姿を消しただけの話でございますよ。こたびのこと、公儀でも内心喜んでおられるお方が大勢おられましょう」

「とは申せ、吉原会所の七代目は四郎兵衛様です。陰の身で差し出がましいことでございました。弾左衛門様、そなた様のご支配下の軍夫方の助勢があったゆえに、よき結果が得られたのでございます。そのことのお礼言上に参りました。これより吉原会所に戻り、四郎兵衛様には改めてお詫び致します」

幹次郎は弾左衛門に一礼すると辞去のため、立ち上がろうとした。

「まあ、お待ちなされ、神守様」

と弾左衛門が引き留めた。

「この一件が発覚したきっかけのひとつは、七代目が南北両町奉行に呼ばれて、遠回しに七代目辞任を仄めかされたことだそうですな。つまりは公用人目付なる公儀になき職階を自称した者が、幕閣の方々の弱みを握って、ついには吉原に手を伸ばそうとした。で、ございますな」

「はい」

「ならば四郎兵衛様の懐刀のそなたが黙認していたでは済まされますまい。そなたはそなたの務めを果たされたのですよ」

と弾左衛門が言い、

「神守様、そなたは私欲のために動かれたかな」

「決してさような考えはございません」

「ならば、この弾左衛門の忠言をひとつだけ聞いていただけますかな」

「どのようなことでございましょう」

「四郎兵衛様の申されること、黙ってお受けなされ」

しばし沈思した幹次郎は、

「畏まりました」

と承った。そして、そのあと思いがけなく長い間、弾左衛門とふたりで話すことになった。


幹次郎が新鳥越橋を渡ろうとしたとき、門松屋壱之助が立っていた。

「よう会うな。それがしの尻っぺたをつけ回しておるのか」

「というわけではございませんが、蛇の道は蛇。なんとのう、神守様の動きが見えてきたんでございますよ」

「ほう、それでどうなったな」

「ただ今どちらからのお戻りですな」

読売屋でもある壱之助が質した。

「考えごとをしておったで、どちらからということはない」

「まあ、そう聞いておきますか」

壱之助は幹次郎の訪問先を承知していた。ゆえに話柄を変えた。

「なんの用事だな」

「わっしの同業からの伝言でございましてな。『神守様に救われた。礼を申し上げたいが、今年いっぱいは謹慎《きんしん》の身、年明けに一席設けさせていただく』とのことでした」

「覚えがないな」

「覚えがございませんか。蔦屋重三郎と言うても」

「門松屋壱之助、ないな。それがし、立ち寄るところがあるで、これ以上あとを尾《つ》けんでくれ」

と願った幹次郎は、もう一度柘榴の家に立ち寄ることにした。

仔犬のことも案じられたし、今宵の澄乃を招く夕餉がどうなったかも気になったからだ。それに壱之助の関心をそらす要もあった。

柘榴の家から元気な仔犬の声と黒介の鳴き声が聞こえてきた。

「どうだ、おあき」

幹次郎が声をかけると、

「湯屋の母親犬がたっぷりと乳を飲ませてくれました。おかみさんがおふろはよく乳が出る犬だから、いつでも連れてきてとおっしゃいました」

とおあきが答えた。

「なに、湯屋の犬はおふろという名か」

「この仔犬も名無しでは可哀《かわい》そうです」

「今宵の夕餉はどうなった」

「汀女先生と麻様と山口巴屋の料理人さんが話し合ってふぐ鍋にするそうです。旦那様も澄乃さんといっしょに五つ（午後八時）の刻限までにお戻りください」

とおあきが言った。

「ならば急ぎ吉原に戻ろうか。少しくらい会所の務めも果たさんとな」

と幹次郎は柘榴の家にわずかな間いただけで、浅草田圃の畔道を抜けて吉原へと戻っていった。

四

幹次郎がこの日、二度目に大門を潜ったのは、夜見世前の刻限だった。いつもいる村崎同心の姿はなく澄乃が大門の張り番をしていた。

「澄乃、なにか事がありそうか」

「いえ、静かなものです」

「本日、穏やかな廓内が続くようなれば、五つの刻限までに仕事を終えてそれがしといっしょにうちに参らぬか。今宵、夕餉をうちで食そう、みなもそなたに会うのを楽しみにしておる。もっとも、四郎兵衛様にお許しを得た上でのことだがな」

「真ですか」

澄乃の顔がぱっと喜びに輝いた。

「前々から言うていたではないか」

「喜んで伺います。廓内で大事が起きなければよいですね」

と答えた澄乃が、

「四郎兵衛様がお待ちと聞いております」

幹次郎はその言葉に頷いて吉原会所の腰高障子を開けた。すると番方の仙右衛門らが顔を揃えていた。

「神守様、その足で隣の山口巴屋に行かれるといい。四郎兵衛様があちらでお待ちです」

仙右衛門が淡々とした口調で幹次郎に言った。すでに澄乃から聞いていたので、幹次郎はただ頷いて土間奥へと向かった。すると土間の一角に遠助が丸まって寝ていた。

幹次郎は遠助に無言で話しかけた。

(遠助、うちにも仔犬が一匹飼われることになった)

すると遠助が薄目を開けて幹次郎を見た。

(そなたと会わせたいが、その機会があるかどうか)

幹次郎は胸の中で遠助に話しかけながら土間奥から蜘蛛道に出て、引手茶屋山口巴屋の裏口へと向かった。

「あら、裏口から来られたの」

玉藻が台所にいて幹次郎に声をかけた。

「七代目がこちらにおられると番方に教えられたものですから」

「二階座敷で待っているわ。神守様を通したらだれも座敷に近づけるなと、わざわざうちのお父つぁんのお達しよ。なにかしらね」

玉藻もどことなく不思議そうな顔をしていた。

「こちらの裏階段から上がらせてもらおう」

幹次郎は客が使う表階段ではなく裏階段から引手茶屋の二階に上がった。すると裏階段を上がって直ぐに、座敷から四郎兵衛の話し声が聞こえてきた。玉藻は言わなかったが、だれか同席者がいるようだった。

「神守にございます、四郎兵衛様」

と廊下から声をかけると四郎兵衛の話し声が止まり、幹次郎は刀を手に襖を引いた。すると、四郎兵衛の話し相手は三浦屋の四郎左衛門ということが分かった。

「遅くなりました」

「浅草弾左衛門様のお屋敷に立ち寄られましたか」

四郎兵衛が幹次郎の行動をお見通しで言った。質すというより幹次郎の動きを確信している口調だった。

はい、と答えた幹次郎は、襖を閉ざしてふたりに向き直った。

四郎左衛門の顔にも、なぜ引手茶屋の二階などに呼ばれたかという訝しさが漂っていた。

幹次郎が座し、ただ今の吉原を主導するふたりに一礼した。

しばし座敷に沈黙があって、四郎兵衛が口を開いた。

「四郎左衛門さんをお呼びしたのは、私の胸のうちをだれよりも先に聞いてもらおうと思うてのことでしてな」

と前置きした。すると四郎左衛門が即座に応じた。

「七代目、過日、南北両町奉行に呼ばれた一件は、昨夜の火事騒ぎで消えたと思いましたがな」

三浦屋四郎左衛門も老舗の大籬として格別な人脈を持っていた。ゆえに昨夜の火事がなにを意味するか、重々察している口調だった。

四郎兵衛が四郎左衛門に頷き、言葉を探すように間を置いた。そこで幹次郎は自らふたりの巨頭に四郎兵衛との約定を告げようとした。その態度を察した四郎兵衛が手で制した。

「北町奉行初鹿野信興様、南町奉行池田長恵様に呼ばれ、町奉行所の支配下にある吉原会所の頭取を辞するように非公式ながら命じられたことは、おふたりに申し上げる要もございませんな」

「四郎兵衛さん、念押しするが、昨夜の火事騒ぎで公用人目付の坂寄儀三郎様の屋敷が全焼し、悲惨なことに大勢のお方が亡くなったと聞きました。それはそれとして、ただ今四郎兵衛さんが申されたこと、あの火事騒ぎにて、元の鞘に収まったのではございませんかな」

「四郎左衛門さん、偶さか起こった火事にていろいろなことが立ち消えになったと城中で安堵なされるお方も大勢ございましょう。されど、南北両町奉行様が口にされた申し出、いえ、命は未だ取り消されたわけではございませんでな」

「四郎兵衛さん、なにを言わんとしておられるのだ」

三浦屋の四郎左衛門が焦《じ》れたように言った。

「四郎左衛門さん、この私、いささか長く吉原会所の七代目を務めてきました。ちと考えることがございましてな、七代目を辞することに決めました」

四郎兵衛の話に、四郎左衛門も幹次郎も言葉を失った。

「なぜですな、事は収まったではないか。こたびの四郎兵衛さんに身を退けと迫った南北両町奉行では、ふたりの間で考え方にだいぶ差があったそうな、私はそう聞いておりますがな。つまり北町の初鹿野様が吉原改革の急先鋒で、昨夜の火事で身罷った坂寄公用人目付と手を組んで、そなたを吉原会所の頭取の座から引き下ろそうと画策されたと真相を聞いておりますぞ。老中松平様の『ご改革』を錦の御旗《みはた》にして、金が動く江戸のあちらこちらに手を伸ばされていた坂寄某が身罷ったいま、もはや四郎兵衛さんが身を退く理由は何ひとつございますまいが、それでも身を退くと言われるか」

吉原を主導するふたりは互いを信頼しているがゆえに、四郎左衛門の口調も険しかった。

「四郎左衛門さん、私が身を退くことと坂寄様の死はなんら関わりがございませんでな、物事の出処進退《しゅっしょしんたい》にはすべて機があるということでございますよ」

「待ってくだされ。歳を取ったと言われるか。そなたにはここにおられる神守幹次郎様が従っておられる。四郎兵衛さんと神守様のふたり体制でこのところの吉原会所は歯車が回っており、うまく事が運んでいると私は考えておりましたがな」

「三浦屋さん、そう申していただけるのは有難い。だが、老いて地位に固執《こしつ》するのは晩節を汚すことになる」

と言った四郎兵衛が幹次郎を見た。

「三浦屋さんに申し上げます。過日、四郎兵衛様よりお話がございまして、それがし、吉原会所の裏同心の陰仕事から身を退くように内々に命じられましてございます。七代目や三浦屋さんを筆頭にした五丁町の名主様方の後見により務めを果たしてきたつもりでありましたが、いささかわが務めを誤解し、則を超えた行動をとってきたようです。こたびの四郎兵衛様の辞職の申し出は、それがしが犯した間違いの数々を四郎兵衛様自らも責めを負って退かれるという意ではございませんか。そのような考えが込められておるように、それがし、愚考致しました」

と幹次郎は初めて意見を述べ、

「四郎兵衛様、今宵、それがし、世話になってきた吉原会所から身を退く覚悟にてこの席に参上致しました」

「ま、待ってくだされ。四郎兵衛さんばかりか、神守様まで会所を辞するとなると吉原会所はばらばらになり、そうでなくとも官許の吉原を取りまとめる会所をわが手にと考える者たちが、あちらからもこちらからもあとを絶ちません。このたびの坂寄儀三郎もそのひとりでございましたな」

と言った四郎左衛門がなにかに気づいたように不意に口を噤《つぐ》んだ。

「ま、まさか、昨夜の火事騒ぎは」

ふたりを見た。

「四郎左衛門さん、それはございませんでな。ご案じなされますな」

と四郎兵衛が言った。

むろん真相ではない。

四郎兵衛は、浅草弾左衛門に会っているのだ。真相を知らないはずはなかった。

だが、いくら信頼を寄せる三浦屋四郎左衛門とはいえ、弾左衛門を巻き込んだ騒ぎを表沙汰にするわけにはいかなかった。

「ではないか」

と四郎左衛門が呟いた。

「四郎左衛門さん、神守様、これからが本論にございます。私が申すこと、とくと聞いてくだされ」

と四郎兵衛がふたりに願った。

四郎左衛門が座り直した。

四郎兵衛の話は半刻に及んだ。だが、この場で結論が出たわけではない。現在の吉原会所の頭取七代目と老舗の大籬三浦屋の主と、吉原会所の裏同心なる身分もなき幹次郎の三人の胸中にしばらく留《とど》めることを約定して散会した。

五つ前の刻限、幹次郎は番方の仙右衛門に願った。

「番方、今宵それがしと澄乃と早上がりさせてもらってよいか。四郎兵衛様にはお断わりしてある」

「四郎兵衛様の御用ですかえ」

「いや、澄乃を飯にと約束しておったが、なかなか果たせなかったのでな、今宵、うちに誘ったのだ」

「廓は静かなものです、偶には気分を変えるのもよいでしょうよ」

と言った仙右衛門が、

「七代目の御用は終わったということですか」

「そういうことだ」

仙右衛門が幹次郎に寄ってきて、囁《ささや》いた。

「まさか昨夜の火事騒ぎに神守様が関わっているということはありませんかな。公用人目付の坂寄儀三郎の名をこの吉原関わりで小耳に挟みましたでな、お伺いしますが」

「番方、それがし、火つけをするほど悪ではないぞ」

「ほう、どうして火つけと分かるのです」

「巷の噂だ」

「そう聞いておきましょうか。神守幹次郎様にはこのところ驚かされてばかりでございますでな、わっしも神守様が驚くことのひとつも言い返したくなりました」

「おお、いささか知らせがある。本日、浅草田圃にある地蔵堂でな、捨てられた仔犬を拾った。うちでは、今ごろ女たちが仔犬の名をあれこれと考えていよう」

「なに、仔犬を拾いましたか。牡ですかえ牝ですかえ」

「うーむ、腹をへらしている様子に、牡か牝か、確かめるのを忘れたな」

「神守様の家だ。牝だな」

仙右衛門が言い切った。

「となると、男はそれがしと柘榴の家付きの黒介のふたりだ。いよいよ男は肩身が狭くなるな」

と言った幹次郎は、吉原会所を出た。すると大門の内側で澄乃が待っていた。


この夜の柘榴の家の夕餉は、賑やかにして華やかであった。

なにしろこの宵、柘榴の家に初めて澄乃が招かれており、そのうえ、浅草田圃の地蔵堂に捨てられていた仔犬が加わったのだ。

囲炉裏端を五人の人間と猫の黒介と、新入りの仔犬がぐるりと囲んで、冬の宵に相応しく、鉄鍋を自在鉤《じざいかぎ》にかけて野菜たっぷりのふぐ鍋を食することになった。

仔犬は、幹次郎の留守の間にすっかり柘榴の家の囲炉裏端をわが家と心得たようで、猫の黒介を「母親」と勘違いしてぴったりと寄り添っていた。

夕暮れどき、聖天横町の湯屋の犬におっぱいをたっぷり飲ませてもらってきて満足していた。鍋料理を皆が食し始め、黒介にもふぐの身をほぐした餌が与えられると、仔犬もいっしょに黒介の器に顔を突っ込んで食そうとした。

そこでふぐの身を汁にほぐして別の容器で与えてみると、ぺろぺろと舐《な》め始めた。なんとも食欲が旺盛な仔犬だった。

「姉様、身内が増えたが、家計《たつき》は大丈夫か」

幹次郎が冗談に紛らせて仔犬が増える許しを願った。

「日中は黒介以外、男はいない柘榴の家です。この仔犬は半年もすれば体のしっかりとした犬になりましょう。番犬として家の一員にするのは、幹どのが仔犬を拾ってきたときからのさだめです」

と汀女が答えた。

「それはよかった。となれば、仔犬に名をつけてやらぬとな」

「幹どの、もはや決まっております」

麻が囲炉裏端の板の間の、柱の上に設けられた小さな神棚を指した。するとそこに麻の字で、

「神守地蔵《じぞう》」

と書かれた紙が貼られてあった。

「なに、こやつの名は牝なのに地蔵か。黒介に地蔵、悪くはないな」

地蔵と名づけられた仔犬は与えられたふぐ汁をぺろりと食べて黒介の餌を狙おうとしていた。

「たしかに半年後には姉様が言うほどにしっかりとした体つきになろう。四肢が仔犬にしてはしっかりとしているでな」

燗をした酒が全員に注がれて、最前から圧倒されたように囲炉裏端の風景を見ていた澄乃に幹次郎が、

「澄乃、よう柘榴の家に来てくれたな。かような家じゃ。どうだな」

と話しかけ、澄乃が、

「父が存命の折りにも、かような和やかな夕餉の風景は夢にも考えられませんでした。お招きいただき、最前から必死で涙を堪えております」

と潤んだ眼差しで答えた。

「澄乃さん、そなたの気持ちが麻にはよう分かります。私はこの家に参り、夕餉の楽しみを教えられました。幹どのと姉上がおられるゆえ、かように和やかな時が過ごせるのでしょう」

「麻、それはわれらとて同じことだ。西国の大名家を姉様の手を取って逃げた日から十年の間、われら夫婦に安穏な宵などなかった。妻仇討《めがたきうち》として追われる歳月であったからな。この吉原に拾われてかような家もできた。とはいえ、われら夫婦だけでは、今宵のような賑やかな夕餉はできぬ。皆がいればこそ、美味い酒が呑める。改めて言おう。澄乃、よう来た」

と幹次郎が歓迎の辞を述べて手にした猪口に口をつけ、皆も倣った。

「美味しい」

「美味しゅうございます」

と麻と澄乃が言い合った。

汀女は、このところ胸に悩みを抱えていた幹次郎が明るい表情に変わっているのを認め、悩みが解決したのであろうかと思った。だが、こたびの幹次郎の悩みは、これまで直面してきた悩みより深刻であろうと推察していた汀女は、

(幹どのの悩みが消えたわけではあるまい。初めて澄乃さんを招いたのも悩みが続いている証しではないか)

と考えたりした。

「幹どの、五人の女衆に囲まれた気分はいかがですか」

麻が幹次郎に訊いた。

「それがし、吉原会所に雇われて廓の暮らしを知ったが、見世に馴染客として上がったことはない、いや、かようなことをそなたに説く要はないな。大籬の客の気持ちはかようなものかのう」

「幹どの、廓はお客様も遊女も嘘を承知で、惚れ合ったふりをするところにございます。そんな虚構の一夜は、大きな金子が動いてのことです」

「そうじゃな。柘榴の家は、だれが客でだれが応対するわけでもない。血がつながってはおらぬ、身内以上の身内が集まっての夕餉のひととき、これ以上の極楽はあるまい」

「はい」

と麻が素直に返事をした。

その光景を見ながら、落籍した薄墨を神守幹次郎と汀女が引き取ったことを世間ではあれこれと言っているが、この場の雰囲気には、嘘も駆け引きもない暮らしがあると澄乃は思った。それもこれも、幹次郎と汀女の夫婦がいればこそできたことなのだ。

澄乃は、これほど酒が美味しいと感じたのは初めてだと思った。そして、吉原

会所に流れる、

「噂話」

が真実でないことを祈った。

「澄乃さん、今宵は柘榴の家に泊まっていきなされ」

「姉様、それはよいな。酒を呑んだ女をひとり、長屋に帰すわけにはいかんでな」

と夫婦が言い合い、冬の長い一夜になりそうだった。

幹次郎は、昨夜までとは違った悩みを胸に抱えていたが、今夜ひと晩だけはそのことを忘れようと思い、

「澄乃、酌をしてくれぬか」

と空になった猪口を差し出していた。

そんな傍らで地蔵が黒介に抱かれるようにして眠りに就いていた。

浅草田圃には木枯らしが吹き抜けていた。

だが、柘榴の家の囲炉裏端には温かな「暮らし」があった。

北町奉行初鹿野河内守信興は、この寛政三年師走《しわす》二十日に免職した。

この作品は、二〇一八年十月、光文社文庫より刊行された『木枯らしの
吉原裏同心抄（四）』のシリーズ名を変更し、吉原裏同心シリーズの
「決定版」として加筆修正したものです。

光文社文庫

長編時代小説
木《こ》枯《が》らしの　吉《よし》原《わら》裏《うら》同《どう》心《しん》(29)　決定版
著者　佐《さ》伯《えき》泰《やす》英《ひで》

2023年6月20日　初版1刷発行

発行者　三宅貴久
印刷　萩原印刷
製本　ナショナル製本

発行所　株式会社 光文社
〒112-8011　東京都文京区音羽1-16-6
電話 (03)5395-8147　編集部
8116　書籍販売部
8125　業務部

ISBN978-4-334-79472-9　Printed in Japan

組版　萩原印刷